王平 著

王平寫長沙
我亦老長沙
倒跛靴故事
樂見為題記

南門到北門
巷道密如網
戶口聚如雲
七里又三分

寒暑驚天變
王君生市井
歌哭與羣同
冷暖感人情

滴汗和墨寫
見微可知著
升斗小民心
長吁思古今

南門到北門二句長沙俗諺也 庚子鍾叔河

锺叔河先生为本书所撰题记

王平写长沙　倒脱靴故事
我亦老长沙　乐见为题志

南门到北门　七里又三分
巷道密如网　户口聚如云
王君生市井　歌哭与群同
寒暑惊天变　冷暖感人情
滴汗和墨写　升斗小民心
见微可知著　长吁思古今

南门到北门二句长沙俗语也
　　　庚子锺叔河

二十世纪七十年代初,作者摄于倒脱靴十号老屋的晒楼上,背景为书中多处提到的玉兰花树。

曾祖母谭莲生留日时的照片,身穿和服。祖父十九岁回国省亲,后将已年届四十的母亲带至日本读书,就读于东京东青山实践女校,与秋瑾同学且同居一间宿舍,成为知己。

祖父王时泽留日时的照片。一九〇四年摄于横须贺海军炮术学校,其时尚未满十八岁,乃"航海救国论者"。

　　网上无意搜到被拍卖的祖父照片。民国二十四年（一九三五年）摄于青岛，时任青岛市公安局局长。

父母于一九三七年在青岛结婚,证婚人为时任青岛市市长沈鸿烈。

年轻时的母亲，抗战期间从长沙举家逃难至湘西凤凰，在一所小学校当语文老师，并兼教美术、音乐、体育。

二十世纪八十年代初,作者与妻子摄于长沙城南天心阁。其谋饭的街道机械厂即位于天心阁的旧城墙下。

一九八二年，儿子出生在倒脱靴，此照为两岁左右时所拍。骑在上面的自来水龙头，乃倒脱靴居民集资所建，按人头缴水费。

一九六一年"苦日子"时期，父亲为家庭成员手绘的用粮计划安排表。每人每大口粮之计量单位细分至"两、钱、分、厘、毫"。

因此孩子们都学会自理自己一部分生活，大的她会学着照顾小的，夏天一盆水放在院里晒热就给他洗澡。王平小时候很乖很聪明，三岁就能自己爬进小猪模床睡觉。记得有一天吃饭后喊他洗脸洗脚可不见人，全家都急了，家里巷内外上都找遍了，我急得要命想去报派出所，忽听喊声"王平在这里！"我跑进房里一看，原来不知什么时候他爬进了猪模床伴着一大堆被子在内睡着了，被子是用使唤上了临时铺用的挡住了他谁都没看见，我望着他的小脸睡得甜香，约么才放下心来。

王平四岁就很爱画，开始不记得他画些什么，一年后正赶上反四害运动他主动的画了一张反四害示画打老鼠用的各种工具，打苍蝇灭蚊子画得真像真的，我把它钉在卧房窗户墙板上，还写自己的名字五岁王平画，同时他特别会画马，马的奔行形像好像深刻在他脑子里随笔就能画各种式样吃草的枕头昂首的奔跑的……有一次画一长群马狂奔远近前后，画得真入神，可惜我没有为他留下，当时王平会画马倒脱靴等不少有名气，还有一天我下班回家看见前房楠墙上他用毛笔画上一匹又长又高的大马马上

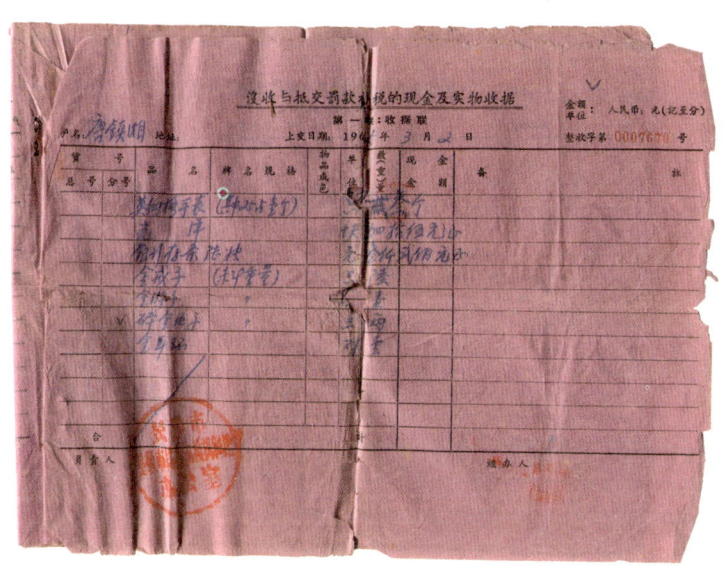

"文革"前夕的一九六五年,岳父家因开私人诊所,被"长沙市整顿市场打击投机倒把办公室"查抄,此为收据之一。

倒脱靴巷内的老门牌。左下门牌上布满少年时候用气枪射击的弹痕，已锈迹斑斑。几经变更后，现为十八号。

小　引

倒脱靴是一条小巷的名字，我便在这条巷子里长大。地名古怪，亦有所谓典故。但我对穿凿附会的典故不太感兴趣，故从略。后来知道"倒脱靴"乃围棋术语之一种，有先弃后取的意思，却叫人喜欢。《红楼梦》的八十七回里，对倒脱靴的着法即有生动的描述，说宝玉在蓼风轩看妙玉和惜春下围棋：

> 只见妙玉低着头问惜春道："你这个'畸角儿'不要了么？"惜春道："怎么不要。你那里头都是死子儿，我怕什么。"妙玉道："且别说满话，试试看。"惜春道："我便打了起来，看你怎么样。"妙玉却微微笑着，把边上子一接，却搭转一吃，把惜春的一个角儿都打起来了，笑着说道："这叫作'倒脱靴势'。"

倒脱靴巷子里有我太多苦不堪言的灰暗记忆。但尽管如此，随着漫长岁月的远去，巷子里各色人等的遭际与命运，反而经常浮现于心底，时而清晰，时而模糊，甚或真假莫辨，且竟然有了一种略带伤感的亲切。

尤其在偶尔之间，闻到五月的小巷里槐花香气的时候。

便慢慢写了一些文字。或直接或间接，与倒脱靴相关，也与自己的内心相关。

这本书，只有十多万字，应该算本地道的小书了。本来还可以稍厚一点，再加进来若干篇。但想到妙玉尝言，"且别说满话"，出书亦应如斯，欠一点好，便选了十八篇。

这些文字，似乎不能说是散文，因为有不少虚构；也不能说是小说，因为有很多纪实。读者诸君倘若喜欢，大约不会去与什么文体较真吧。

感谢锺叔河先生给本书写的题记。其中"寒暑惊天变，冷暖感人情"两句，至深地打动了我。

二〇二〇年十二月十八日于长沙

目　录

心远草堂的两任房东 · 001

何日君再来 · 021

高长子 · 037

旧时少年 · 053

高干子弟谢小陆 · 065

小学同学姚大器 · 079

"某种意义上"的凯伢子 · 095

城南之恋 · 113

我的师傅 · 127

郑志良与他的岳父 · 147

前朝记忆渡红尘 · 167

一粒米到底有多重 · 191

老照片钩沉 · 203

谭延闿日记中的祖父 · 223

伯祖父一家 · 235

陈年启事 · 259

失而复得的"万元户" · 269

母校话旧 · 277

心远草堂的两任房东

罗先生家喂了一只黑白相间的花猫,经常悄无声息地穿过猫洞,从这间房游走至那间房。偶尔亦可见它蜷缩在罗先生膝间打瞌睡。其时,躺椅上的罗先生必定在看书。罗婶则轻手轻脚,将一杯茶放在茶几上。罗先生居然欠欠身,说,谢谢。

002　倒脱靴故事

倒脱靴十号是栋老公馆，红砖房子。离巷尾近，离巷口远。坐南朝北，但大门开得有些古怪，偏西北，斜斜地对着院子，估计与风水有关。大门上方横嵌一块花岗石，上刻"心远草堂"四个字，当取陶潜诗句"心远地自偏"之意吧，遒劲而清秀。"文革"初期"破四旧"，我大哥一时兴起，拿把榔头搭张梯子打算砸烂它，结果只砸出来几处白印子加几粒火星子。

大哥本来有蛮懒，做事从不想出汗，加之仅仅打算出点风头而已，便不了了之。结果直到三十多年后倒脱靴十号被拆毁，"心远草堂"这块石刻才不知所终。

说此类建筑为公馆，其实并不确切。据说，公馆的本意应是"仕宦寓所或公家馆舍"，即旧时公家替在本地任职的高官建造，并非私人所有。但后来被引申为有钱人家在城里盖的高级私宅，也就约定俗成了。小时候，长沙人亦将住公馆叫作住"洋房子"，似乎更合适一些，因为公馆房子多为西式，中式少见。

我家是上世纪五十年代初搬进来的。房东姓罗，一位半路出家的医生，长相儒雅斯文，对人客客气气，邻里都称他罗先生。我家跟罗先生租下了朝北最大的一间，二十平方米左右，开三张床，晚上再用门板搭临时铺，能勉强挤下一家七口，父母和五个子女。不久，祖父与姑妈（我父亲的姐姐）也搬进来了，租了与我们房间相通的南房。因姑父原是一位国民党军官，年轻时风流倜傥，与姑妈的婚姻系双方父母撮合，两人谈不上什么真情实感，新婚未及两年，竟带了个越南舞女去了台湾，给姑妈留下一个刚满三个月的儿子，再杳无音讯。姑妈从此独身，带着儿子一直随祖父居住。

房东罗先生也有好几个小孩，其中一个与我一般大小。后来都在小古道巷小学读书，不过他甲班，我乙班。小学毕业后几十年再不曾见过面，但都还记得对方。早几年一个偶然的机会又恢复了联系，后来彼此还加了微信，在朋友圈里间或有些呼应。因为这幢公馆原本是他家的私产，我曾特意在微信里给他留言，想听他讲讲关于心远草堂最初的故事，后来因何缘由卖掉了，等等。罗同学的回信令人不无感慨。

他告诉我，他们祖上的湘阴老屋，就叫"心远草堂"。曾藏有不少古籍、字画及碑帖什么的，可惜毁于一场山火。抗战胜利后，祖父在长沙盖了这栋公馆，仍沿用此名，聊作纪念。

至于后来卖掉,乃因上世纪五十年代响应政府号召,支援国家建设买公债,一时拿不出现金的无奈之举。

房子卖给谁早不记得了。

这事我倒比他清楚,房子卖给了一个做南货生意的资本家,号称长沙市的南货大王,叫李福荫。即心远草堂的第二任房东。

此外,罗先生所以半路出家学医,乃从祖父之命。因大女儿出生不久即死于缺医少药的抗战时期,故祖父痛定思痛,嘱其务必弃商从医。所拜名医姚光仲就住在倒脱靴四号,即十号的斜对门。"心远草堂"在建的同时,罗先生亦购得黄兴南路一栋临街房屋,为行医开诊所做准备。这美好的愿望后来因众所周知的原因化为泡影。

对倒脱靴十号最初的印象,似乎已介于虚构与非虚构之间。因为其时我不过三四岁。大约是院子里正下着纷纷扬扬的大雪,很冷。堂屋搁了一盆炭火,时不时毕剥一声,窜出来几簇火星。房东罗先生穿一件蓝布棉袍,手捧一卷线装书在堂房里踱步,嘴里还念念有词。那时应该正是他拜师学医时期,在诵读什么汤头歌诀之类吧。

我跟罗同学则站在阶基上朝院子里屙尿,比谁屙得远。洁白厚软、尚无一只脚印的雪地上,顿时被两道小小的抛物线浇铸得一片金黄。还听见结了冰的玉兰花树叶发出悄悄的脆裂声。罗同学那个疯子姑姑(叫巧姑子)则在幽闭她的后院小屋里蓦然发出一声清籁：

"巧姑子要呷茶哒咧……"

巧姑子是罗先生唯一的妹妹。听大人说过，她是在大学里念书时，因失恋致疯的。

罗同学小时候脑壳很大，是个显而易见的特征。一般人都认为大脑壳愚蠢，罗同学用自己的大脑壳不声不响地推翻了这种成见。很可惜，如今要具体地回忆起小学里跟他有关的某件事，很难。因为他家早已搬离倒脱靴，在小古道巷小学我们也不同班，交往更少。倒是一些没有什么意义的片段却浮现在脑际。

比如说有一次，为了准备一组以做好人好事为题目的宣传栏，学校组织甲乙两班几个会画画的，包括我跟罗同学，集中在甲班的教室里画画。记得我画的是一位少先队员帮助淘粪工人推粪车。罗同学画的什么我当然忘了。忽然窗户外面飘进来一股似有若无的槐花的香味。我说，好香！罗同学连忙把铅笔搁在纸上，大脑壳转了一圈，很响亮地缩了一下鼻子，说，闻不出。

罗同学身上显然有他父亲的遗传因素。读书聪明得很。而且他们姊妹兄弟，个个会读书，个个性格好。从不跟人吵架，谦和而且沉静。从罗同学姐姐到罗同学本人再到他弟弟，臂上全都是三根杠杠，包揽了连续三届的少先队大队长，堪称小古道巷小学空前绝后的奇迹。

街坊叫罗同学的母亲作罗婶,个子清瘦,有点弱不禁风的样子。穿着朴素但显得精致,阴丹士林蓝布妇女装的右襟,插着一方洁白的手帕,干干净净的。说话声音细小温和,给我的印象十分深刻。罗先生卖掉倒脱靴十号后,即搬进了黄兴南路他们家另外那处临街的房子。但其时已不具备开诊所的条件,门面只好租给了一家茶叶店。路人但凡经过,本应闻见药香,却变成闻到茶叶的香气了,也好。多少年过去,只要偶尔想起罗婶,我竟会同时联想到茶叶隐约的清香。

小学时候,我在乙班画画画得最好,罗同学在甲班画画画得最好。我喜欢画动物,他喜欢画人物,各有千秋。但到了五年级罗同学当了大队长,我却还是个小队长,当然有几分沮丧。班主任段老师便偷偷安慰我,不要当官,就是长大了也不要当官,管好自己就是。未料段老师一语成谶。我迄今当过最大的,也是唯一的一回"官",仍然是少先队的小队长。一根杠杠。

可惜即便一辈子从未做过官,也未见得就管好了自己。

不过我有篇作文《我的理想》曾得了全校作文比赛第一名,还是令我神气了好多天。那时候,"我的理想"是什么呢?是"长大了要当一个像时传祥伯伯一样的淘粪工人"。时传祥当时是北京市的一个淘粪工,曾经红极一时的劳模,受到过国家主席刘少奇的接见。这篇作文的结尾被段老师画了一长串红圈圈,堪称义正词严的金句:

如果你也不愿当淘粪工人,他也不愿当淘粪工人,那么,全世界的粪坑都满了,怎么办!?

某年,罗先生死了。丧事料理完后,罗同学的姐姐代表他们全家,到巷子里给几位送了花圈祭幛的老街坊敬烟,表示感谢。刚好我走出十号大门,她也递给我一支。很陌生地笑笑。

我忽然想,她现在面对的是她的祖传基业,心里会作何感想呢?她的童年就是在这栋房子里度过的啊。

这样想的时候,罗同学的姐姐正站在门口跟几位老人应酬。当时她已经是个地道的年轻妇人了。她连看也没朝大门里看一眼。她的上方,即是"心远草堂"四个大字。这四个石刻的大字,难道没有在她心里也刻下深深的印象吗?

但即便是这样一种看去淡然的态度,她也并未使我失望。我无端觉得,她绝非那种愚钝的女人,只是不愿将内心的情感轻易外露罢了。

罗同学的姐姐比我大两年级。个子像她母亲,清瘦而白净。我心里忽地浮现起她站在队旗下带领全校少先队员行队礼的形象。身穿浅灰色的背带裙,红领巾在白衬衣前飘动。队鼓咚咚。天空当然是湛蓝的。

我已分不清楚这情景究竟是出于某种想象,还是多年前确曾有过。

我们家搬进去的头几年，公馆还显得比较新，也干净、整洁。我家兄弟姊妹虽说有好几个，但加上房东、祖父及姑妈，最初也只有三户人家。房子只有一层，所以比一般楼房高出许多，且每个房间的天花板中央，还有图案各不相同的西洋风格浮雕，于中心处悬下一盏电灯，有碗形带波浪边的乳白玻璃灯罩。房间朝南或朝北的窗户既宽又高，几乎占去整个墙面。

后来我结婚，在自己房里搭了层阁楼，把床和书桌都搬了上去，伸个懒腰还碰不到天花板，可见空间之辽阔。

房子的整体格局也算讲究。进去先是一个阔大的门厅，斜朝着院子。院子左右各种了一棵玉兰花树。每年四五月份便开满碗盏大小的、洁白的花朵，满院子弥散着似有若无的幽香。穿过院子往里走，上五六级麻石阶基，就是宽敞的堂屋了。堂屋有四扇高大的玻璃门，中间两扇双开，左右各一单开，铸铜把手，颇为气派。

正房并不多，一共只有五间，正南正北。以堂屋为中心，左右各两间，中间偏右一间。左边两间相通，即我们家租住，右边三间相通，则住了房东罗先生一家，在当时还算宽绰有余。

还记得清楚，房与房之间的墙角处，均有四寸见方的小洞相通，用精细木条嵌边，供猫出入，谓之猫洞。罗先生家喂了一只黑白相间的花猫，经常悄无声息地穿过猫洞，从这间房游走至那间房。偶尔亦可见它蜷缩在罗先生膝间打瞌睡。其时，躺椅上的罗先生必定在看书。罗婶则轻手轻脚，将一杯茶放在茶几上。罗先生居然欠欠身，说，谢谢。

罗婶勤快，做饭洗衣等一应家务由她包揽。当然，罗家比我家富裕多了。他家厨房里经常传出来剁肉馅的声音，砰砰砰砰，细密且均匀，极具诱惑力。只要我听见，必定会扯着母亲的衣角，委屈地说，他们屋里又呷肉饼子蒸蛋了！

从堂屋左首的走道往里走，就到后头院子了。后院由中间走廊分开，左右形成低于房屋地面一尺有余的两个方池，我们习惯称为当池。左侧有口两眼水井，麻石井盖。年轻时用它代替石锁锻炼身体，单手能举数十下。右边当池中间砌了个花坛，种了一株茶花树，到初春时节开满树红花，特别好看。待到花谢，则满地落红，又观之凄然。

偶尔也开一两朵白的。

迎面有两间杂屋，罗先生的疯子妹妹巧姑子住了其中一间。靠右则是厨房，从厨房再拐一小弯，便是厕所了。顶当头有张后门，平时不开，仅供淘粪工人出入。

最早有两张前门，一大一小，均为两扇对开。两张门紧挨着。外面是小门，里面是大门。大门既高且宽，极为厚重，一对铜门环甚为威武。大小门各有用途，即罗先生可能觉得白天关大门不方便，敞开也不合适，便来个权宜之策，贴着大门做张小门。

白天只关小门不关大门，到晚上大门小门一起关。

多年之后，这张小门却派上了其他的一些用场。门框的横梁高矮适中，成了巷子里一群闲散少年锻炼身体的单杠。我至今尚残存两块二头肌，与那时候在横梁上做过的无数引体向上，多少有些关系吧。门框及门板上，还有我用锯片小刀深深浅浅、高高低低刻下的成长的印迹，从一米出头到一米六几。还有歪歪扭扭或励志或抒情的句子，诸如"燕雀安知鸿鹄之志"、"问君能有几多愁，恰似一江春水向东流"之类。

两扇可拆卸的门板更具实用价值。白天卸下来，架两张板凳就是自习小组围着做作业的地方，将作业本一收又成了乒乓球桌。到夜里将门板搬进屋内，搭就两张睡觉的临时床，早上起来卷铺盖归原。

后来住户多了，为了方便各家的夜归者，索性拆去小门，仅余孤零零一个门框，且对大门进行了改造。由每户人家凑钱，请木匠在左扇大门的合适位置挖一长方形小孔，再用取下的门块装上铰链安把乓锁，成了一个七八寸见方、厚约两寸的小门。各家配钥匙若干把，深夜归家先用钥匙开开小门，再伸手进去拨开门闩，打开大门。从此再也不用半夜下班大呼小叫，拼命摇门而惊扰四邻。

这种对公馆大门的绝妙改造，当属极具中国特色的天才发明。长沙城里许多公馆及老屋的大门，几乎全部进行了类似改造。

多年后，我在其他城市的老街巷里也看见过。这种小门最初的发明者是谁，可惜永远不得而知了。

自从喜欢拍照后，我拍过不少藏在陋巷深处的老屋，也拍了一些这种大门上的小门。忽然想，这类照片若能集中展示数十张甚或上百张，用以体现一个特殊时代的局部特征，应该会有些特殊意味吧。

该说说第二任房东李福荫了。

邻居都习惯叫他李福爹，是个颇为富态的老头。矮且胖。夏天爱穿一件香云纱开襟短袖衫，怕热，便喜欢敞怀，一对奶子如女人一般。五十年代中期，他从罗先生手里买下倒脱靴十号。始料不及的是，新房东还未当上两年，政府便开始私房改造了，真是人算不如天算。不过还好，给了李福爹三间"留房"（即改造后留给原房主的自住房）。

因为冬天有阳光，李福爹便让中风多年的太太住南房，好晒晒太阳。自己住朝北的那间，不过房间大些。另一间小房则由保姆张娭毑住了。这三间房均有房门相通，但过路房是张娭毑住的那一小间。虽然李福爹住的北房也有一张门通堂屋，但除了迎送客人，一般不开。

小时候在我眼里，那间房显得极为神秘。尤其夏天，李福爹喜欢给三间房子的大玻璃窗糊上绿纸。偶尔李福爹打开那间房门，可看见屋内映满宁静的浅绿，令人产生想进去一窥究竟的冲动，当然不敢。

李福爹每天有几个规定动作，十数年如一日。

其一是晨起洗漱，必定要刮舌苔。用一柄银制的、呈条状的半圆形刮子，舌头伸出好长，慢慢刮，慢慢刮。直至刮出几声干呕，方才作罢。然后站在走廊上，搓一根小纸枚窸鼻孔。窗几下，仰头闭目张大嘴巴，酝酿片刻，猛然间打出一连串喷嚏来。再捏捏鼻翼，极惬意。

其二便是放竹帘与收竹帘了。三间房的竹帘既宽又高。李福爹气定神闲地趿一双皮拖鞋，缓缓走到窗外走廊下，早放晚收。咔啦啦，咔啦啦，咔啦啦。木葫芦的单调声音反显出四周的安静。

再就是到大门口的信箱里取报纸，间或也有信。除开冬天，李福爹喜欢坐在走廊上看。到后来，老花镜不管用了，还要加一柄放大镜，对着报纸或信纸慢慢移动。并且，朝北的窗户只要打开，必定是李福爹坐在窗前写信了。我经常站在窗外看他写信。用毛笔写竖行字，写两行，在铜墨盒里舔舔墨，又写。李福爹偶尔抬头看看我，并不在意。

现在想起来，生活倘若能如此这般过下去，也好。

李福爹话不多，但为人开明。且尚能自宽自解，顺应形势。譬如五八年大炼钢铁，政府要求家家户户献铜献铁，李福爹将家中所有铜器如铜炭盆、铜火钳、铜火锅、铜手炉等，还有一支数尺长的火火用铜朴唧筒，悉数捐出。甚至将大门上那对铜门环也卸下来捐了出去。

后来倒脱靴居民集资在巷口建自来水站,李福爹一个人又出了大头,算是做了件有口皆碑的好事。先前我与哥哥得隔天轮流,去数百米开外的大古道巷水站挑水,还得排长队。加之我个子瘦力气小,跟跟跄跄,一担水屡屡被我挑得汹涌澎湃,真是桩极不情愿又无法逃脱的苦差事。

李福爹有三个儿子,均在外地工作。一个北京一个武汉一个保定。每年都会回来一两次,小住几天。但三兄弟几乎没有同时回来过。李福爹的日子在我们眼里当然算非常好过的。譬如那时候哪家订了瓶牛奶,便令其他人家非常羡慕,何况李福爹一人就订了两瓶,早上喝一瓶,晚上又喝一瓶。

送奶工骑部自行车,两侧的帆布挎袋一格一格插满玻璃奶瓶,每天咣啷咣啷骑进麻石巷子,停在十号门口,抽出两瓶牛奶送进去,拎两只空瓶子走出来,插入空格里,再咣啷咣啷骑出麻石巷子,是我少年时候司空见惯的一道风景。

倒脱靴十号对门是五号,为老式的两层木板楼。里头住得有几户背景复杂的人家。有一胡姓人家的丈夫解放初期被镇压了,胡妈妈独自养大两男两女四个孩子,可见其艰难。偏生五九年过苦日子的时候小儿子又得了肺结核。其时李福爹的保姆张娭毑与胡妈妈走得密切,便将此事讲给李福爹听。李福爹也没多说什么,要张娭毑每天送一瓶牛奶给胡妈妈的儿子喝,自己每天只喝一瓶了。

李福爹十三岁时便只身从江西来长沙，投奔一家远房亲戚，在其开的南货铺里做学徒。少时的李福爹做事眼眨眉毛动，极为灵泛。二十几岁便自立门户，后来成了长沙市的南货大王。长沙先前有俗语云："江西老表真正恶（音wó），跑到长沙占拐角（音guó）。"意指江西人做生意会占码头，铺子大都开在街市拐角处，生意当然好，此言果然不虚。李福爹的南货铺就开在中山路和黄兴路的拐角，号称"九如斋"。

买下倒脱靴十号时，李福爹应该有六十出头了，同时搬进来两口专为自己和太太准备的棺材，一时惊动四邻。这两口棺材独特而巨大，形制极为罕见。稍小的一口系用陈年楠木做成，两侧及棺盖为圆弧形，尤为古朴；另一口材质虽为杉木，但是四个头，即整口棺材只用四根木料，可见体形之威武。正面还刻有描金的福禄寿禧浮雕，做工极精。且两口棺材均有内棺，更显豪华。

可惜两口棺材最终只有先他而去的太太享用了一口。"文革"初期武斗，造反派组织"湘江风雷"的副司令中弹身亡，其部属准备举行盛大追悼会并予以厚葬。有人打听到倒脱靴十号有口巨棺，立即派人将其征用，来了八条壮汉差点还未抬起。

李福爹屁都不敢放一个，只有半夜里听见他长吁短叹。并且太太去世后，李福爹担心有人说他一个人住两间房子太奢侈，又主动将朝北那间大房腾出来无偿交给了政府，以示再度进步。政府欣然接受。很快，有一户根红苗正的刘姓工人阶级被安插进来，邻居称他作刘大伯。

刘大伯在长沙印刷厂工作，当过工宣队长，人却不错，且帮过我家不少忙。那时候印刷厂天天印毛泽东著作，时间紧，任务重，便有大量装订工作分包给家属完成，兼带照顾性质，工价也不低。刘大伯也分了一些给我家做。有两年，十六七岁的我与十五六岁的刘家大女儿，每天在堂屋里飞针引线订毛著，过了一阵快活日子。到后来彼此甚至都有点动心，居然还去文化电影院看了场《白毛女》。没多久却被她的一个女友看出端倪，以我家出身太差为由，将其断然遏制。

过后想起来，也罢。不然遭她父母发现，后果不敢设想。可怜一段连手都没摸过的准初恋，便如此这般夭折在摇篮中。

倒脱靴像刘伯伯这样的工人阶级或劳动人民还有几户，大抵都是"文革"期间至后来八十年代初陆续搬进来的。先前，倒脱靴的居民跟外面巷子里的相比，有钱的或有些来历的人还是居多。所以"文革"一开始，红卫兵便在巷口扯了一条丈把长的白布横幅，上头墨汁淋漓地写了一行大字：

资产阶级老巢窝

至于巷子里抄家,李福爹当然首当其冲。铁道学院的红卫兵从他家里抄出两本存折,还有数千元现金。这可是笔大数目。本来李福爹用一方手帕包好,拆去屋内猫洞里的半块砖头,藏进去,再原复堵上。若不主动交代,红卫兵未必找得到。问题是他马上又主动交代了。这一下红卫兵认定李福爹肯定还有东西。交出的只是小头,以掩护大头。遂将他与保姆张娭毑分开隔离审问。

红卫兵对张娭毑说,这姓李的资本家剥削你几十年,现在是你扬眉吐气,检举揭发的时候了,你务必要跟反动资产阶级划清界限!张娭毑却细声细气回答,我跟他做事,他给了我工钱呀。

这个回答让红卫兵"恨铁不成钢",却拿了张娭毑没办法。遂集中火力审问李福爹,且有女红卫兵抡起军用皮带威胁。并说,你家保姆已彻底检举了,再不坦白只有死路一条!李福爹终于招架不住,交代说还有一本存折藏在张娭毑的枕头里了。

女红卫兵马上跑到张娭毑屋里,二话不说一剪刀剪开那只鸭绒枕头,一顿乱抖,一时间满屋子鸭毛乱飞,果然抖出来那本存折,整整两万元。红卫兵当即把张娭毑和李福爹捆在一起,如两团粽子,再戴高帽子游街。还给张娭毑颈根上挂了块"丧家的资本家的乏走狗"的牌子,说她与反动资本家李福荫沆瀣一气,同流合污,已完全丧失了劳动人民的本色,当然还有无产阶级立场。

多年后张娭毑回忆此事,还生气得很。说,我没替他坦白交代,他自己倒先坦白交代了。又问我,丧家的乏走狗是什么狗啊?我便告诉她,应该是一条没了家的、很累很累的狗吧。

张娭毑有些莫名其妙。

并且慢慢地,李福爹几乎完全变了一个人。过去的几十年里,李福爹从来不曾踏入厨房半步。张娭毑买菜亦从不过问价钱,说多少是多少。到后来,李福爹每次都要盘问,怎么这样贵啊,小菜?及至最后两年,甚至怀疑张娭毑买回的菜短斤少两,连萝卜白菜都要亲自复秤。还说张娭毑肯定落了钱,威胁她要去菜场里问价。张娭毑百口莫辩,气得直跺脚。

张娭毑十六岁便从河西乡里到李家来做保姆,也不曾嫁人,一直做到六十几岁。汤汤水水侍候李福爹两口子几十年。三个儿子也是她一手带大的,最后还替李福爹带孙。尤其老三,一女二子从小就放在倒脱靴父母家,张娭毑先后将其带到读小学,视为己出。却有点重男轻女,若姐弟间吵架,毫无疑问地袒护弟弟,斥责姐姐,从不管对错。弄得老三夫妇啼笑皆非,也只得由她。却怪,那妹子长大后,偏生对张娭毑还蛮孝顺。

"文革"末年,李福爹去世了。三个外地工作的儿子,只有保定的老三只身匆匆赶回长沙,将其火葬草草了事。一边,张娭毑独自哭得伤心伤意。老三看了看她,将手扶在了她瘦削的肩膀上,没作一句声。

李福爹最后的两间留房,老三以极低廉的价格卖给了房地局。唯一请求将那间小的仍给张娭毑住,且不要收她的房租,直到她老去。房地局同意了,心远草堂的私房从此不再。

020　倒脱靴故事

何日君再来

尤其夏天,穿一件黑色的薄丝绸旗袍,边叉开得极上,走一步白腿一闪,走一步白腿一闪。生一双丹凤眼,眉毛描得既细且弯,手里还夹根香烟。像极了老电影里头资产阶级少奶奶的样子。

加上走进去不远的一截横巷子，倒脱靴巷子长不过百米，拢共只有十六个门牌号码。"文革"期间几乎家家被抄，与左近街巷相比，堪称独一无二。

尽管没出什么不得了的人物，但最初的居民大都住的单家独院，公馆房子也有六七栋吧，不大不小的资本家还是住了好几个。如六号天伦造纸厂的厂长、九号民生厚的老板、十号茂隆兴的老板、十二号百福斋的老板，等等，在老长沙城里还算排得上号。再加上国民党某师师长、"隐藏得很深"的历史反革命之流，以及另外一些背景及来历均颇为复杂的人家，当然就被抄得风生水起了。

各家各户多少抄出了点私财并不令人意外，但听闻从龙老师家里抄出了孙中山的一张手迹，上书"博爱"两字，却令巷子里的人吃了一惊。龙老师夫妇在倒脱靴居住了二十多年，为人低调，谁也不知道她是湖南近现代史上著名人物龙璋的孙女。而那张孙中山的手迹，便是题赠给她祖父的。至于随龙老师住在一起的养母，一个很少言语的瘦小老太太，竟然是清代大书法家何绍基的曾外孙女，叫许佩琅，却是我近些年才知道的。

孰料住在我家晒楼底下小屋里的伪军官太太黄珮甄，却侥幸逃过一劫。究其因，却原来是丈夫在牢里死了，黄珮甄生计无着，没过几年便改嫁给了南门口豫兴久腊味店里的勤杂工吴老倌，一个驼背兼酒鬼。于是摇身一变，成了无产阶级家属。巷子里便有人说，黄珮甄的前头老公死得及时，后头老公也找得及时。话虽然刻薄，倒也是事实。

说黄珮甄是伪军官太太，她丈夫官当得并不大，不过伪团长而已。有人说他是唐生智的部下，其实哪里算得上，顶多不过唐生智部下的部下而已。

然而长沙刚刚解放，黄珮甄的前夫便被抓起来了，判了无期徒刑。

最先她住在倒脱靴一号胡溇海那个公馆的楼上。胡溇海是个河南人，经历也颇有些七弯八拐。据说这栋公馆是他一夜豪赌赢来的，但赢了这次之后竟然金盆洗手，从此戒了。因与黄珮甄的前夫是河南老乡，且为故交，便让了一间房子给她暂住，并不计较房租。

但无人能料，未过几年私房改造成了公房，黄珮甄得给公家缴房租了。

这间房子不算小,十五六平方米的样子,门口还隔了间厨房。前几年的日子过得还算平静。她也曾有过身孕,可惜流产了,刚好在丈夫判刑那年。却不知从哪里弄了只猴子跟自己做伴。那个年代,养狗养猫的人都少,养猴者恐怕绝无仅有,黄珮甄偏偏养了一只。有好奇者问过她猴子从哪里弄来的,黄珮甄要么含糊其词,要么顾左右而言他,别人也不便再问。

黄珮甄跟别人交往不多,与我母亲还算知心,有话喜欢跟她讲。且经常提及她的伪军官丈夫,开口闭口我家先生、我家先生的。

偶尔,母亲也带我去她家坐坐。那猴子顽皮得很,且果然是红屁股。一下从地上跳到床上,一下从床上跳到五屉柜上,片刻都不歇憩。暗地里却用眼睛打量我,分明有些不怀好意。黄珮甄也并不呵斥,随它,只顾跟我母亲细细说话,我在边上却看得兴奋不已。黄珮甄见状,便起身去厨房拿出半截玉米,让我喂它。我掰出一粒向空中抛去,它竟然轻松一跃,张嘴接住。我哈哈大笑,乐此不疲。

还记得黄珮甄屋里的几样家具蛮好看。床和柜子上都雕了花。

有一回,黄珮甄跟我母亲坐在床沿边说话,说着说着忽然哭了起来,肩膀一耸一耸,哭得很伤心。那猴子也懂事。我抛玉米粒，它却不接了，一副心事重重的样子，蹲在黄珮甄脚下望着她，眼珠子一动不动。就是那次黄珮甄告诉母亲，她家先生在牢里死了。据政府说，得的是痨病，也就是肺结核，吐血不止死了。

黄珮甄原来也算是富裕人家出身，祖上开当铺，挣了些银两。父亲却是个甩手掌柜，且好赌，家道很快中落。不过底子多少还在，黄珮甄日子依旧好过。在家当小姐，结婚做太太，哪里过问什么柴米油盐。

后来却不行了。伪军官丈夫生前给她留了些许积蓄，但几年过去坐吃山空，黄珮甄开始捉襟见肘。她开销大，过日子从来不划算。虽不喝酒，却好喝好茶，尤喜龙井，连茶叶也要嚼细吞下。烟瘾又大，两天三包，三天四包。原来有钱时抽大前门，至少抽飞马。继而改抽岳麓山，最后抽红桔，连烟屁股都舍不得丢，积起来卷喇叭筒。茶呢，更只能买点老末叶算了。

终于，黄珮甄把家里的猴子送给了动物园。

但黄珮甄好面子，不愿让人知道她日渐窘迫，连只猴子都养不起了。偶有邻居问及，便说这家伙越来越放肆，晚上老钻她的被窝，要跟她睡觉。邻居便哈哈大笑，因为知道黄珮甄养的是只公猴。何况那时候，黄珮甄确实风韵犹存，尚具几分姿色。尤其夏天，穿一件黑色的薄丝绸旗袍，边叉开得极上，走一步白腿一闪，走一步白腿一闪。生一双丹凤眼，眉毛描得既细且弯，手里还夹根香烟。像极了老电影里头资产阶级少奶奶的样子。

那时候,只要门外麻石路面有高跟鞋由远及近响过来,就知道,黄珮甄来我家串门了。

这大概是上世纪五十年代中期的事。

黄珮甄仅在私底下跟母亲倒些苦水。比方说,那只泼猴吃饭,一顿顶得她两顿。香蕉呢,一次要吃三四根,吃得腮帮子鼓鼓的,还拼命塞。还有一回她对母亲说,大姨妈来了,连草纸也舍不得买了,就随便扯点垫床铺的破棉絮塞塞,将就算了。

我在旁边不明白怎么回事,问,大姨妈是谁,没看见啊?没想到无端遭母亲一顿呵斥。黄珮甄却在边上拍了拍我的脑袋,笑了起来,说,大姨妈每个月到我这里来一次,昨天走了。

母亲一时冲动,建议她别租倒脱靴一号那间房子了,并将我家晒楼底下的厨房腾出来,让给黄珮甄住。因为那间厨房原本不用另缴房租。小虽小,但黄珮甄不必花钱,一年可省下几块钱开支。我们自己家呢,则将晒楼底下的楼梯弯勉强当作了厨房,结果给以后的生活带来了无尽的不便。

从此,黄珮甄跟我家成了同住一栋大屋的近邻。

未料此事很快被房地局的肖腊梅知道了,非得收黄珮甄的房租不可。这个堂客们是南门口片区的房管员,她的理由是黄珮甄搬进来必须单独立户,原来我家用作厨房只是配套。当然,房租还是比倒脱靴一号那间便宜许多。肖腊梅螺丝眼,鲶鱼嘴,走路则如同淮鸭婆,左晃右晃,天生让人讨厌。那些年,因家里兄弟姐妹逐渐长大,读的读小学读的读中学,家境愈来愈差,拖欠房租便慢慢成了常态,肖腊梅对我母亲的脸色便愈来愈差。儿时,只要远远看见她迈着淮鸭婆步子从巷口踱进来,心里就害怕。想着母亲又要跟她低声下气赔笑脸了。

至于黄珮甄嫁给吴老倌,却是倒脱靴的治保组长朱四嫂子牵的线。朱四嫂子出身根红苗正,属倒脱靴巷子里少有的无产阶级。丈夫老古是个泥瓦匠,跟吴老倌都是湖北佬。每天收工,必去豫兴久灌二两猫尿,从而结识了吴老倌,两人经常倚着柜台推杯把盏。吴老倌呢,因其驼背,加之一天到晚酒醉迷糊,五十出头了仍光棍一条,在长沙亦无任何亲人。有一回两人酒酣耳热之际,老古忽然动了个念头,想将吴老倌与黄珮甄这对孤男寡女撮合在一起,兀自盘算赚吴老倌两瓶酒喝,哪里会去想两个人到底般配不般配。

当然,给黄珮甄传话还得靠堂客朱四嫂子。听说吴老倌许了老公两瓶长沙大曲,朱四嫂子尤其来了劲,她是个特别心疼老公的堂客们。平时吃饭,崽女若多夹了点菜,她顺手就是一筷脑壳,说,菜是咽饭的啊!接下来却将菜朝老古饭碗里赶。尽管老古有时喝醉后往死里打她,她哭虽哭,却从不敢计较。

朱四嫂子找到黄珮甄后,晓之以理,动之以情,推心置腹地说了一通。尤其那句"驼背子要什么紧哩,他是无产阶级啊",

最使黄珮甄动心。

黄珮甄那时信任的还是我母亲，便来找她拿主意。说朱四嫂子跟她讲，若跟吴老倌结婚，便从伪军官太太变成了无产阶级家属，还有人养，几多好！母亲呢，终归觉得不妥，又说不出十足的理由。只好说，你们两个，合得来不？黄珮甄却说，都到这步田地了，还有什么合得来合不来？

母亲当然无话可说了。

朱四嫂子安排黄珮甄跟吴老倌见了一面后，事情很快定了下来。老古的两瓶长沙大曲也到了手。未曾想黄珮甄横生枝节，还要拉了朱四嫂子跟我母亲做证人。说要给吴老倌约法三章，每月、每天、每晚。若不答应，便不结婚。第一，每月工资如数上缴。第二，每天只许喝一次酒，顶多两次。第三，每晚睡觉两个人不能睡一头，嫌他口臭。

你不晓得呢，隔哒桌子好远都闻得到口臭！黄珮甄说。

那睡脚档头，他的脚朝哒你，你不又会嫌他脚臭？朱四嫂子却乜了黄珮甄一眼，你这种资产阶级小姐的毛病啊，一定要改！

母亲夹在中间有些尴尬，不过觉得朱四嫂子讲的是实在话，便附和了几句。其实朱四嫂子跟母亲曾有点小过节。街道上办扫盲班那年，母亲任过兼职老师。十几个文盲里头，只有朱四嫂子识字最慢，字也经常写错，且屡教不改。可能母亲有点嫌弃她，朱四嫂子心里很不是滋味。这回母亲附和朱四嫂子，也有想缓和一下关系的意思吧。

处男吴老倌呢，却生怕婚事有变，煮熟的鸭子又飞走了，二话不说，满口酒气地将约法三章应承下来。不过也提了个要求，不准黄珮甄再穿旗袍与高跟鞋。他也晓得，这副样子两个人出门，对比太强烈，肯定遭人奚落。黄珮甄明白吴老倌的意思，就坡下驴也答应了。因为她心里清楚，自己这样打扮，越来越不见容于当下的社会了。加之本身的行头，包括耳环戒指什么的，已经变卖殆尽，所剩衣物仅供换洗，且日趋破旧，于是顺势提出要吴老倌给她置两身新衣服，吴老倌不得不答应了。

但那件黑色的丝绸旗袍，虽说已旧得薄如蝉翼，黄珮甄仍舍不得丢掉。她悄悄对母亲说过，她家先生最喜欢看她穿这件旗袍。

自从改嫁给吴老倌，黄珮甄的日子显然好过了许多。大前门抽不起，至少飞马还是抽得起了。吴老倌也过得想，他原本无房，多年来一直睡豫兴久铺子里的柜台。自跟黄珮甄结了婚，便顺理成章地住进了倒脱靴十号，总算是有家有室的人了。并且约法三章最终亦形同虚设，譬如从工资里扣几块私房钱，黄珮甄也只能睁只眼闭只眼，至于上班时喝上二两，黄珮甄更管不着。晚上呢，吴老倌屡屡趁酒兴霸王硬上弓，黄珮甄也只得捂住嘴巴，半推半就，快快完事便罢。

在骨子里，黄珮甄当然看不起吴老倌。首先形象上就跟她那位伪军官前夫判若云泥。前夫相貌堂堂风流倜傥，颇像电影《红日》里头的国民党师长张灵甫。吴老倌却驼背鸡胸加酒糟鼻，形容猥琐。热天里还偏生喜欢打赤膊，一条五米开外都能闻到酸汗气的萝卜手巾，永远湿漉漉地搭在肩上，再加一条裤裆无比硕大的扎兜裤。长沙人将其称作"一、二、三"，即系裤时将裤头左边用力一折，右边用力一折，然后一卷，三下即可，无需裤带。若扮演卖炊饼的武大郎绝对不用化妆，还可自备服装道具。

于是结婚后不久两个人就开始吵架，便是情理之中的事了。当然多为琐事。如黄珮甄爱干净，吴老倌偏生邋遢。有回喝醉，竟然故意扯下黄珮甄的洗脸手巾抹脚。黄珮甄气极，止不住大骂，你这副臭德性，旧社会跟老子老公做勤务兵，老子都不要！吴老倌不信邪，也扯起颈根筋爆爆地用湖北腔回嘴，老子是新社会的无产阶级，老子还怕你这个旧社会的伪军官太太？

然而吵归吵，两个人日子照样得过。偶尔吴老倌用荷叶包回来几样腊味，黄珮甄也乘兴陪吴老倌喝上一小盅。这日子一过便是若干年。

后来我到一家街道工厂当学徒了。南门口的豫兴久腊味店，也更名叫作"工农兵腊味店"了。每月逢发工资，工厂里的几个青工喜欢约在一起，光顾一下豫兴久（还是不习惯叫"工农兵")。说是腊味店,靠墙却摆了三四张小桌,几条板凳,供人喝酒聊天。不过我们买不起腊味,连腊猪耳朵都买不起。只能每人来二两最便宜的散装白酒,俗称"闷头春"。九分钱一两,就一碟兰花豆一碟鱼皮花生,唾沫横飞地扯卵谈。

尤其热爱跟马路上来来往往的年轻妹子打分。甲说这个妹子奶子大,乙便说那个妹子屁股圆,且常常因丰满与苗条、鹅蛋脸与瓜子脸之类的审美分歧而争得面红耳赤。

当然也经常看见吴老倌打赤膊,前凹后凸,肩上搭着那条萝卜手巾,在柜台里外汗流浃背搬东搬西。得空便倚着柜台抿几口酒,一边背起喉咙指手划脚跟人讲话,远远听去,还以为在跟人吵架。豫兴久是一家可卖零酒零烟的铺子。连茅台都可拆零,最少可打一两。烟亦可拆包,最少可买两根。在此喝酒者大多都是"苦力的干活",以砌木匠、搬运工居多。墙壁上常年贴着一张醒目的告示:

> 工余之暇稍饮一杯,可以振奋精神,恢复疲劳,但不可过量!

不无幽默的是,这张告示下屡屡东倒西歪躺着几个醉汉。偶尔也见过朱四嫂子的丈夫老古,倚在地上鼾声如雷。

再说黄珮甄,既然变成了无产阶级家属,也开始积极追求进步了，跟朱四嫂子也走得近了，且时不时炒两个菜，请她到屋里打打牙祭。与我母亲则慢慢疏远了。她还领着一帮堂客们跳忠字舞，地点就在倒脱靴十号的堂屋里。当时堂屋尚未被几家住户蚕食，还算宽敞。正面墙上搭了个忠字台，一圈葵花簇拥着伟大领袖的画像，底下则是宝书台，雄文四卷搁得整整齐齐，还扎上了红丝带。

忠字舞先是由黄珮甄示范。她不知从哪里弄来一顶军帽一件军装，但穿在身上总显得不伦不类。手里捧本毛主席语录，一边唱"敬爱的毛主席呀，敬爱的毛主席，你是我们心中的红太阳"，跨几步，退几步，然后停下，摆腰提臀兼扭屁股，节奏感极强。我在边上看过几次，越看越觉得那舞姿像极了反特电影里女特务跳的舞，不过由国民党的呢子军装变成了解放军的布军装而已。

倒也无人质疑。一帮堂客们呢更无感觉，只顾手捧语录大声唱，学着黄珮甄摆腰提臀扭屁股，动作三不六齐，歌也唱得荒腔走板，哪里比得上黄珮甄。

至于朱四嫂子有好几回怂恿黄珮甄检举母亲，倒并非意料之外的事，她晓得黄珮甄曾与母亲交往密切。黄珮甄感觉有些压力，却检举不出什么新鲜名堂。因我父亲是历史反革命，在单位监督改造不准回家早已家喻户晓。黄珮甄挖空心思，忽然想起来有件事情可以揭发。即母亲曾与她扯过闲谈，说年轻时候父亲在重庆就读的那所大学，属国军性质，蒋介石曾兼任该校校长。有次蒋介石到学校视察并训话，作为家属，母亲去大礼堂参加了旁听。想到此处，黄珮甄不禁兴奋起来，赶紧向朱四嫂子汇报。此事虽然不假，但从黄珮甄嘴里出来，却变成了母亲受到过蒋介石的亲自接见。乃至街道革委会将母亲五花大绑捆走，且批斗多次。母亲百口莫辩，还挨了顿打。从此与黄珮甄形同路人。

黄珮甄那时一度春风得意，但可以看出，她也开始尽量回避母亲。

某年秋季的某天，吴老倌突然死了。那天刚好是我二哥下乡当知青的日子。天尚未亮，二哥已收拾行装准备出发。院子里忽地传来黄珮甄惊恐的惨叫声。母亲赶紧要二哥敲开黄珮甄的房门，发现吴老倌脑壳朝床尾躺着，嘴巴半张，露出一截舌头，人却没有了呼吸。地上一大摊呕吐物，屋子里则充满了难闻的酒馊味。

据医生分析，吴老倌系死于醉酒后引起的心肌梗塞。

后来殓尸，吴老倌僵硬的尸体搁在门板上，加之驼背，怎么也放不平。这头摁下去那头翘起来，那头摁下去这头翘起来。两个殓尸者发了一通牢骚，费了好大力气才给吴老倌换了套寿衣，塞进一个长匣子里。黄珮甄给了他们每人一包烟，撒了几把真假参半的眼泪，草草将吴老倌送去火葬场烧了。

从此，黄珮甄再度失去经济依靠，生活又重新陷入了困境。她几乎变卖了所有的家当。依现在看来还真有几样好东西，如那张西式床，还有那个梳妆台跟五屉柜，都是紫檀木的，都雕了花。可惜那时并不值钱。几样东西搬走后，便是地地道道的家徒四壁了。

仅用两张板凳一副门板搭了张床铺。

那时黄珮甄已年近五十，昔时容颜早已不再。且因为吴老倌死了，莫名其妙地，黄珮甄的无产阶级家属成分似乎变得不地道了。好像还有人说她是打入无产阶级内部的异己分子。更有甚者，多年前她跟吴老倌吵架时骂的狠话也被翻了出来，这可是地地道道的反动话了。

幸亏治保组长朱四嫂子倒似乎未刻意整她，只是态度鲜明地跟她划清了界限。加之巷子里本来就没有什么人喜欢黄珮甄，于是她几乎陷入绝对孤立的境地。

先前还可以找我母亲说说话，现在她知趣，从另一个角度回避母亲了。常常一个人在街道上游荡，蓬头垢面，不修边幅，继而逢人便傻笑，样子却有些吓人。且边走边捡拾地上的烟蒂。每每捡到若干个，便细细撕开，揉碎，用废报纸卷成喇叭筒，划火柴点燃，很夸张地翘着兰花指抽，还徐徐地吐着烟圈，一副很是惬意的样子。

不得不说，黄珮甄抽起烟来还是派头十足。

就这样,黄珮甄精神慢慢失常了。搞得母亲又对她心生怜悯,几次悄悄拉她到家里,让她洗把热水脸,喝口热水。有空还替她收拾一下屋子。那间原本是我家厨房的小屋子,多年来一直被黄珮甄收拾得干干净净,最后竟脏得一塌糊涂,连毛巾都只剩下一条,洗脸洗脚都是它。

却有人说她是装疯,借此逃避本来应对她进行的批斗。这些言语是否被传到黄珮甄耳中,不知道。大家知道的仅仅是,黄珮甄的精神病愈来愈严重了。有一回,她竟然一边抽喇叭筒,一边唱起解放前的黄色歌曲来:

好花不常开,好景不常在,
愁堆解笑眉,泪洒相思带,
今宵离别后,何日君再来。
……

搞得巷子里一群细伢子跟着她前前后后跑,她却毫不在意,用尖尖细细的声音一直唱,一直唱。

就在那天晚上,黄珮甄上吊自杀了。她撕破床单,将其搓成一根粗布带,绕过窗棂系在颈根上,再一脚蹬翻椅子。最初是母亲发现的,早上起来她路过小屋窗下,发觉那根白布带有些不对劲,便去推房门,却见黄珮甄斜斜地悬在半空。母亲吓得大叫，我赶紧跑了过去。

黄珮甄是换了那条多年不曾穿过的黑色丝绸旗袍吊死的，两条腿便尤其显得苍白。此外，那张用门板搭就的床铺上，因为没有了床单，垫床用的破旧棉絮愈发抢眼，且缺损了小半边，边缘也不甚齐整，分明是被人撕扯过的痕迹。

母亲怔怔地看着那床破棉絮，又看了一眼穿旗袍吊死的黄珮甄，突然捂住嘴，哭出声来。

至于后事呢，只能由派出所处理了。

没过多少天，那间小屋便被街道上安排了一个单身汉住进去。听说是个刚刚释放的劳改犯，姓周。后来又陆陆续续换了几家租户，或姓刘，或姓李，都有些故事。总之很多年过去，那间原本属于我家的厨房，便一直再未还给我家——直到倒脱靴十号终于被拆迁。

高长子

终于,高长子落笔了,缓缓写下几个字,用的正楷。他一个字一个字写,我一个字一个字念,当然念得很慢:

无根而固者,情也。

倒脱靴故事

大约是个初春的上午,因为家中院子里的玉兰花树结苞了。我去巷口的自来水站挑水,远远看见有个瘦高男人,很深地弯下腰去,跟收水筹的吴三婆婆问话。吴三婆婆坐在板凳上,见我挑着水桶走近,便朝我一指,对那人说,他就是王霈的满崽。又大声说,王霈被抓走了呵!

我不作声,随手将水筹递给吴三婆婆,兀自拧开龙头接水。待两桶水放满,挂好扁担钩准备起肩,那瘦高男人却将我轻轻拨开,说,你带路,我来。说罢,轻轻松松提起两桶水,低头看着我。我看他一眼,穿件褪了色的蓝布解放装,且闻到隐隐的有股汗酸气味。

我背起空扁担,在前头走。他在后头问我,好多岁了?我仍不吱声。他只好自语道,你大哥,应该有二十出头了。

刚进大门,正好碰见母亲在扫院子,一眼,彼此就认出来对方。

淑君！他叫母亲。

高长子？母亲叫他，这显然是叫外号。

我按雨苍信上的地址找来的，那高长子说。你们住的这地名古怪，倒脱靴。也难得找！母亲一愣，说，雨苍最近给你写了信？高长子立时明白了母亲的意思，说，没有没有，我是按先前信封上的地址找来的。

母亲这才释然。说，你不是在南京吗？高长子淡淡一笑，说，回来大半年了。

我未曾料到此人竟然叫父亲作雨苍。父亲名需，字雨苍，是祖父起的名字，因为八字缺水。先前只有母亲才这样叫。但听到一个不认识的人也这样叫，觉得有些古怪，不好接受。

我看看母亲，她倒显得自然。

就这样，我头次见到了既姓高，个子果然也高的高长子。后来知道，他与父亲都是长沙人，抗战期间又是重庆中央政治大学的同学，毕业后又同在重庆盐务局供职。直至抗战胜利后各奔东西，从此再也不曾晤面，仅偶有书信来往。待到我认识时，他已近天命之年。

而那年的我，大约十三四岁的样子吧。

那日，高长子跟母亲在屋里说了好久的话。我坐在院子里的阶基上翻一本破小人书。忽然听见屋里传来母亲的笑声，很意外。好久没听见母亲那样大声笑过了。

母亲八十六岁那年，曾应父亲另一位在台湾的政大老同学之约，写过一篇很短的回忆文字，其中忆及了重庆的那段生活：

> ……六十年前辞去已四年多的教学工作（语文、音乐、体育、美术），带着五岁的孩子，从湘西凤凰步行到辰溪，搭往贵阳的货车，转至重庆。四月八号动身，路遇暴风雨加大冰雹，雨伞吹翻。到重庆，王霈已在盐务局工作，后调南温泉。政大十期同学又同事，常来我家聚餐，都喜欢吃我做的菜，尤其是盐菜扣肉。又玩牌，外游花滩溪。有次到政大，正遇到蒋校长在大礼堂训话。散会后我们都跑到大路边，看蒋校长神气地走过。南温泉有一座大山流出两条溪水，一条是凉水，我家住凉水沟，一条是温水，附近人家去洗衣……

其中提到的蒋校长，即蒋介石。

在这段短短的回忆中，母亲并未具体提及某个同学的名字。但我想，政大十期的"同学又同事"里，高长子必定是其中之一吧。

父亲毕业后，抗战尚未结束，不少同学都留在了重庆。高长子与父亲在重庆盐务局同事时，主要负责"计口授盐"的工作。我问过高长子，什么是"计口授盐"。高长子告诉我，抗战时期，四川及边缘省份食盐供应紧张，且有奸商囤积居奇，牟取暴利，政府只得按每户人口多少来分配食盐。重庆因贵为陪都,每人每月一斤二两,其他市县每人每月一斤,但凭购盐证到官盐店里购买。

我便插嘴道,还是新社会好,买盐不要证。高长子却似笑非笑地说,如今有粮证,还有粮票啊。我想也是,有点不好意思。

高长子又说,抗战后期,重庆国民政府关于计口授盐的具体谋划,以父亲与他为主。但大至调查报告,小至购盐证之设计,都由父亲执笔。这样一说,母亲也记起来一些细节。说那张购盐证是淡黄色纸印的,每户一份,每份十二联,每个月只能撕一联,当月用当月的,不过也够了。那时一家四口人(后来又生了姐姐),每个月有将近五斤盐,并吃不完。后来还攒下几斤,腌了些盐菜。高长子便趁势说,在重庆时,你做的盐菜扣肉,实在好吃!

此后,高长子便经常来倒脱靴看母亲了。开头两回是空手来,后来每次几乎都带点吃的。母亲先是推辞,但看看站在旁边瘦小的我,只好无奈收下。高长子于是松了口气,说,不要介意,反正我如今是一个人吃饱,全家不饿!

但我发现,高长子从来不提及父亲的近况,母亲亦从不过问高长子为何从南京回了长沙。两个人似乎都心照不宣。只有一回,高长子背了一小袋米进屋,母亲便问,如今你在长沙到底做什么事?高长子轻描淡写地回答,给一家街道工厂做会计。

见母亲有些狐疑地打量他,高长子拍拍胸脯,说,给小工厂当小会计,小菜一碟。不相信?我跟雨苍可都是政大经济系的高才生呵。话刚出口,又赶紧捂住嘴巴。

两个人都苦笑了。

那时候我们一家七口,本来全挤在一间屋子里住,热闹得很。因父亲被隔离审查,上头的哥哥姐姐先后上山下乡,两个妹妹在读小学,我呢,因病未能上初中,从此辍学,白天家里就余下我跟母亲,反而显得有几分冷清了。所以看得出,母亲也高兴高长子来,两个人有说不完的话。

母亲原本是个很有工作能力的人,二十几岁时全家逃难至湘西凤凰,在县城里教小学,便身兼数职。小时候,还教我们唱过一首抗战时期的歌曲《五月的鲜花》:

五月的鲜花,开遍了原野,
鲜花掩盖着志士的鲜血……

但终因父亲及子女的拖累,母亲一次又一次地丧失了工作机会。虽然事实上她已经成了一个地道的家庭妇女,但非常忌讳别人提及这个敏感词。这是她抱憾终生的事情。

所以高长子与母亲聊天,基本上拣让她高兴的事情说。且以回忆在重庆的那段生活为主。我在一边也听得津津有味,甚至有时还插几句嘴，居然也未遭母亲呵斥。

高长子一直以自己是中央政大的学生为自豪，不过当时岂敢与外人道。在母亲面前高长子却不顾忌。他悄悄跟母亲说，他们政大十期，是政大历史上的佼佼者。投考那年，报名的有四千人，仅录取二百人，为二十取一。如果算总账，这录取的二百个人，等于每个都考了第一名（这个我始终没弄明白）。又说，有一回因公事随政大教务长陈立夫到陈公馆，立夫先生走在前面，谈起政大十期来，跷起大拇指表示了不起，他感到非常光彩。立夫先生还告诉他，十期考试的作文题目叫作《抗战中的青年》，录取的这二百个人，每个人的作文他都仔细读了，都做了点评。

母亲听得既紧张，又有些高兴。且告诉高长子，父亲的考试成绩，是排名前十的哦。

从小到大，在我的印象里，父亲极少有什么朋友交往，常常一个人喝闷酒，就几粒花生米。但自从高长子来过之后，才知道年轻时候，父亲是个非常活跃的人物。上大学时，有次为庆祝双十节，班上排演易卜生的戏剧《玩偶之家》片段。因无合适女生，还居然反串女主角娜拉，高长子则扮演娜拉的丈夫海尔茂。有天高长子与母亲扯谈，忆及此事来了兴致，忽地站起身来，拿腔拿调地背起了台词：娜拉，你真不懂事！正经跟你说，你知道在钱财上头，我有我的主张，不欠债，不借钱！

母亲哈哈大笑了。说，她也记得娜拉的一句台词，因为听父亲背过好多次。说罢故意把脸一沉，说，我们双方都有绝对的自由。拿去，这是你的戒指。把我的也还我。

高长子听了先是一愣，但继而也笑了。

并且高长子还大致跟我讲了《玩偶之家》的故事。大意是，女主角娜拉的丈夫海尔茂因患重病无钱治疗，深爱丈夫的娜拉只好铤而走险，伪造文书借钱求医，使得丈夫起死回生。但丈夫病愈得知后，不但不予理解和感激，还痛骂娜拉造假，毁坏了他的名誉。娜拉深感失望，将婚戒退还给丈夫，决绝地离家出走了。

我的父母也曾经有过结婚戒指，不过从我懂事起便未见他们戴过。如今当然明白，父母那时早就不敢戴了。后来因为家境日渐窘迫，索性偷偷拿去卖了，估计也没值几个钱。何况，在大多中国人的心目中，婚戒不过仅具象征意义而已，远不及在西方人心里那般神圣吧。

在生活困难时期，母亲几乎变卖了家里所有稍微值钱的东西。如旧毛料衣物、旧手表什么的，甚至连一只铜花瓶也被砸扁，当作废铜烂铁卖了。仅留下一对景泰蓝的鸳鸯摆设，是父母的结婚纪念物，到底舍不得。不料某日竟不翼而飞，让母亲非常震怒，她凭直觉认定是大哥偷出去卖了。逼问之下，大哥果然招供。

我的大哥，从小被祖母惯坏，极不争气。且经常欺侮弟妹，没有做大哥的样子。小时候，我经常看见母亲被他气哭。一边哭一边揍他。

但有一次，高长子送母亲二十斤粮票，母亲仅稍作迟疑，却收下了。第二天便寄给了已去湖北松滋安家的大哥。

有时候高长子来，若母亲正好在做家务，他便找我下跳子棋玩。这是我最高兴的事。因为平时极少有人跟我玩，只好自己跟自己对弈，母亲亦从不理会。但只要是高长子跟我下，母亲做完事必定也会参与其中，玩两盘。母亲的跳子棋下得臭，尤其喜欢悔棋。我当然不同意，甚至与她抢夺。此时，高长子便袖手作壁上观，一味地笑。偶尔也劝我两句，说，男人让让女人，没关系的。

高长子还教我学会了唱《送别》这首老歌。且不晓得母亲居然也会唱，还唱得蛮好听。如今，这首歌几乎人人皆知，但在我的同时代人中间，我可能算知道得最早的吧。那时候记性好，加之词曲俱佳，两三遍就学会了。当然，是很小声地唱：

> 长亭外，古道边，芳草碧连天。
> 晚风拂柳笛声残，夕阳山外山。
> 天之涯，地之角，知交半零落。
> 一壶浊酒尽余欢，今宵别梦寒。
> ……

却不知怎么原因，中间有好长一段日子，估计有一个多月吧，高长子再没有来过倒脱靴。先前每个礼拜，都会来一回两回的。我问母亲，她却有点不耐烦，说，我哪里知道？

　　有天早上，母亲按老习惯在扫院子。一边扫一边独自轻声地哼着《送别》。我在窗户里头听见了，觉得没唱出歌词的曲调更生出凄凉。由此觉得母亲的心情似乎不太好，却不晓得如何安慰她。

　　又想起父亲来，被隔离也将近一年了吧，一直未有音讯。

　　那时候闲在家里，我偶尔也练练毛笔字。母亲老说我是三天打鱼十天晒网。有天我兴致来了，又铺纸磨墨打算写几张。母亲在我身边经过，忽然停下，说，其实，高长子的字写得几好。在重庆南温泉，过年时，家里的春联都是他写好送来的。我便说，下次他来，让他教我。母亲却回答，那你自己跟他说。

　　未隔几日，好久不见的高长子竟然又出现了，还给我带了双球鞋，令我意外地高兴。母亲的态度却无异样，一如平常。看了看他，说，好像瘦了？高长子摸摸脸，说，没有吧，是胡子长了？我也看了看他，似乎瘦了些，不过不说看不出来。但胡子确乎长了。

　　先前，高长子来的次数虽多，但从未在我家吃过饭，母亲也从不留他。但那天，高长子主动说他肚子饿了，问母亲有什么吃的没有。那一下，母亲显得有些失措，赶紧下了一碗面，放了几滴酱油，撒了葱花，还煎了个荷包蛋。在当时这可是最高待遇了。高长子连声说好吃好吃，那吸溜吸溜的声音，给我留下了至深的印象。

一切恍惚又回到了先前。但我莫名其妙地觉得，母亲与高长子之间，有什么地方产生了微妙的变化。尤其觉得，高长子在母亲面前有些无话找话，母亲呢，也很少再主动谈及什么话题。倒是高长子跟我说话，反而变得多了，也显得更轻松一些。

一日，我正打算写字，刚巧高长子来了。便跟他说，妈妈说你的字写得好，写几个字看看。高长子看了看母亲，显得很高兴，说，难得你妈妈表扬！不料母亲却说，我哪里讲过？

高长子并不计较。提起笔来，却忽然问母亲，写什么好？母亲淡然回答，不随便你。高长子沉思半晌，笔仍在半空悬着，落不下去。我便催他，写呀。

终于，高长子落笔了，缓缓写下几个字，用的正楷。他一个字一个字写，我一个字一个字念，当然念得很慢：

无根而固者，情也。

我不解其意。又发觉母亲脸色有些不对。她走近，黯然拾起那张纸来，停了片刻，竟缓缓将它撕了。一撕二，二撕四，且再撕。然后任其在手上飘落，委弃于地。接下来是长时间的沉默。

却见高长子有几分惶恐，低声自语道，我仅仅是借用此意。如今我是无根的畸零人，但我希望跟你，跟雨苍的友情永固。

然而母亲却决绝地回答道，高长子，以后你不要再来。

我待在一边，似懂非懂地看着他们，有点害怕，便躲了出去。

又眼睁睁看着高长子佝着背，走出房门，下了台阶，穿过院子。步子有些蹒跚，消失在大门外头。

从那天起，高长子便再也没来过倒脱靴。

转眼数月过去。那一年，我的身体长高不少，也壮实了一些。完全可以出去卖点苦力，贴补家用了。最省事者，即是去火车南站推板车。虽然累，但钱赚得干脆，无非多出点汗。若运气好，甚至可顺手牵羊，捞点什么东西。尤以偷白砂糖的手法最刺激。

那时，运至长沙的白砂糖一般从火车南站卸货，再用板车转运至金盆岭的三零九库去，每月数趟。一麻袋白砂糖重两百斤，一板车拖十二袋，足足两千四百斤，一点二吨重。金盆岭乃长沙有名的陡坡，长约两公里。此乃最累之活，搬运工必定要雇人在后面推，每趟一角二分钱。推至火葬场附近的最陡处，还得依赖爬坡机。

但如我等少年，往往一拥而上抢此生意。因一俟谈妥，每趟一角二不算，还可在半道上偷取白糖。即抽出暗藏于腰间的一截细竹竿（一头削尖，内中贯通），直刺麻袋深处，旋即抽出，乃得白糖一满筒矣。

某日大早，我照例去火车南站揽活。一时尿急，依了个墙角方便。刚巧碰见一辆拖白砂糖的板车，停在不远处的路口打算雇人。眼睁睁看见几人围拢上去，我那泡尿却洋洋洒洒意犹未尽。只得腾出空手一顿乱挥，徒劳地大唤。不料手在空中一僵，吃了一惊。那拖白砂糖的搬运工转脸，我一眼看出，竟然是高长子！他不是说在工厂里当会计吗，怎么拖起板车来了？高长子也认出我来。四目对视，一瞬间，彼此都有几分尴尬。

但高长子随即恢复了常态，朝我挥了挥手。我只得扣好裤扣，磨蹭过去。也再无二话，高长子肩起车扁担，弯腰，短促而有力地"嘿"了一声，板车起步了。

金盆路的陡岭比平时变得更加漫长。我埋头弓背，用尽全身气力在后面推。极缓慢地，板车在陡坡上成之字形移行。汗珠一粒一粒砸在柏油路面上，吧唧，浸开，吧唧，浸开，延绵不已。

至半道歇气，高长子递过来一只油漆斑驳的军用水壶，我咕隆咕隆放肆喝了几口。又递过来一条灰不灰白不白的毛巾，我接过，胡乱揩了两把，汗酸味太重。难怪头一次在巷口碰见高长子，就闻见了。我皱皱鼻子。两个人居然对视笑了。

天上，太阳猛烈地照耀着我们。远处火葬场的高大烟囱里，冒出一缕垂直的青烟。

我们两个人坐在板车车杆上,各自用草帽拼命扇风。

忽然,高长子伸出手掌,朝上勾了勾,说,把你的把戏拿出来。我本能地捂住腰间。高长子又说,拿出来。我只得从腰间抽出细竹竿,缴械。高长子接过,细细看了看,说,你们这套把戏,我早晓得了。还做得蛮精致啊。我不作声,不知他究竟如何发落。

大约沉默了两分钟。却见高长子握紧竹竿,将尖头深深刺进麻袋,再抽出来。顺手将麻袋的小破口捏捏紧。

拿去。高长子说,并不看我。忽然又说,以后再不要这样。上次我看见有人挨了打,脑壳都打出了血。我点点头。还有,高长子迟疑了片刻,低声说,我拖板车的事,莫让你妈妈晓得。

我又点了点头。

从那以后,我再也未曾见到过高长子。

直至母亲晚年,我又回想此事。觉得既然过了那么久,又并非什么不可示人的秘密,遂告诉母亲,其实当年高长子不是做会计,而是在火车南站拖板车。母亲笑了笑,说当时她也不信,什么会计,一身汗酸味。又叹口气,说,要搭帮你高长子,那年送了不少吃的,你才会长得那样快啊。

倒脱靴故事

旧时少年

我只愿在心里永远留存她那张世上最单纯的少女容颜。倘若她还记得我呢,亦永远是一个十六岁少年的懵懂模样。

我家前头院子的两间杂屋上面，有个别致的晒楼。面朝堂屋，隔院临街，面积二十多平方米，有红砖砌就的栏杆，伸手可触及院子里玉兰花树的枝叶。这个晒楼是我几乎整个苦涩的青少年时期，尚可借此逃避现实，独自伤心又独自排遣的地方。固然有些时候也给我带来些微的快乐。譬如夏天傍晚，先从后院井里扯一桶井水，摇摇晃晃提上晒楼，将地面泼凉，到夜里再摊张席子，摆开大字睡个通宵；冬天，若下雪，则在晒楼上堆雪菩萨，或用雪球偷袭从晒楼下经过的细妹子；初春时节，常常用晒衣的竹叉折玉兰花。

秋天做过些什么，不记得了。

我是个对花不感兴趣的人，尽管所有的花开起来都好看。但玉兰花除外。不仅喜欢，还深怀情感。因为院子里那两棵玉兰花树，是看着我长大的。小时候在花开时节，母亲常让我折几朵花苞，插在家里一只通体深褐、貌似黑陶的短颈圆肚花瓶内。不到半天，硕大如饭碗的花便洁白地盛开了，满屋子的幽香。可惜玉兰花开得快，谢得也快，令人有些忧伤。

那只花瓶亦可说一说，因为是祖父当年从日本留学时带回来的。造型极简，瓶身无任何图案。看去光滑如陶器，其实材质是古铜，且年代愈久色泽愈深，几近于黑。无奈上世纪六十年代初过"苦日子"，有段时间家里几乎揭不开锅，母亲将它掂了掂，好像有点重量，便将其当作废铜，卖了。那收废品的老头开始居然不相信是铜的。拿秤砣在瓶身上使劲划了好几道印子，细细辨认一番才确认，过秤后又顺手几秤砣捶扁，丢进箩筐里挑走了。

如似有若无的玉兰花香气一般，我也有过一段难说深浅的、短暂的少年情感时光。跟一个比我小一岁的细妹子，叫佘志纯。

晒楼也是我跟佘志纯最喜欢待的地方。两个人背靠砖栏坐在地上，东一句西一句聊天，恍若有遁世之感。我还把我躲在晒楼上写的几首短诗念给佘志纯听过，企图引起她的共鸣。不料她听完后哈哈大笑，连声说不懂不懂，令我狼狈透顶。不过佘志纯喜欢唱歌，当然那时候只有革命歌曲可唱。她最喜欢唱的一首歌歌名我早忘了，但词曲仍记得清清楚楚：

毛主席，说的话，好像春雷响天下。

战士听见心花开，敌人听见害了怕。

……

　　这首歌至今我都觉得非常亲切。音乐真是上帝赐给人类的神奇之物啊。原本一首激情燃烧得一塌糊涂的革命歌曲，比如其中还有些"听了主席的话，我武器手中拿，听了主席的话，我天天把枪擦"之类的豪言壮语，被佘志纯用细细柔柔的喉咙一唱，竟然变得抒情味道十足了。

　　在晒楼上还可以朝东远眺天心阁，可以看见天心阁下的旧城墙。我与佘志纯间或也去玩玩，离倒脱靴不远。出巷口右拐，沿磨盘湾、一步两搭桥，经县正街到高正街，穿和乐街到火药局，则是天心阁下最背僻的一大截围墙了。因其隐蔽，有多处坍塌未经修葺。那时进天心阁就已经要收两分钱门票了，我们舍不得花这冤枉钱，往往选定一处破损的围墙，当然是我先爬上墙头，再弯腰把她拉扯上去。偶尔也故意吓唬她，拉到一半说拉不住了拉不住了，吓得她放肆尖叫。每次登上天心阁的城墙，俩人必定要坐在城墙垛上，放眼寻找倒脱靴，寻找倒脱靴十号的屋顶。

　　天心阁是长沙城南地势最高的地方。那时候居高临下俯瞰长沙城区，鲜见高楼，满眼是一大片一大片的黑瓦屋顶，各色树木参差其间，且常有鸽群从眼底唿哨掠过。一位瘦小少年的悒郁胸襟，顿时明亮而开阔起来。因为看得多，倒脱靴的大致方位很快就能找到。而赖以精确定位的标志，则是倒脱靴十号院子里的那棵高大的玉兰花树了。那棵树的形态与周围其他黑瓦屋间冒出的树木迥然有别，气质完全不同，绿得尤其浓郁。枝干和叶子不像其他树木散漫而无规矩，不用费劲便可看出。

大概是一九六七年左右吧，天心阁上起过一次大火。我们都跑到晒楼上去看。远远只见城墙上火光冲天。渐渐地，一栋偌大建筑在大火中毫无声响地坍塌了，像极了无声电影里的慢镜头。起火原因不明。最近我试图在网上搜索一下看是否有此事的记载，结果令人失望。只有抗战期间长沙文夕大火的文章连篇累牍，说天心阁曾在那次大火中付之一炬。据了解，天心阁重建竣工，已经是一九八三年的事了。那么，当年天心阁大火烧掉的是什么建筑，为什么找不到记载？抑或是一种虚幻的记忆？迄今还真是个不大不小的谜团。

严格说来，佘志纯并不属巷子里的妹子。她家住在巷尾的一栋老屋里，老屋的后门在倒脱靴，并无门牌号。正门是在另外一条叫上晏家塘的巷子里。所以大屋的地名属上晏家塘而不属倒脱靴。晏家塘是条比倒脱靴更加古老的巷子，清嘉庆年间善化县城图上就有记载了。年轻时我在城南路的一家街道工厂上班，从大屋后门进前门出，插此近路再穿过益仁巷到城南路，大约可省四五分钟时间。

这栋大屋结构古怪，有两层。一楼是砖墙，二楼是板壁。

既不像永久建筑，也不像临时建筑，大而无当，格局毫无章法。究其历史，亦无人能说出个所以然来。有印象时已成了正圆机械厂（红旗内燃机厂的前身）的一栋工人宿舍。多时至少住了十几户家属，楼上还有几间空房，低矮阴暗，几乎终年不见阳光。有一回佘志纯带我如探险一般，吱吱呀呀登上楼梯，进了其中一间糊满旧报纸的房间。两人靠板壁坐着，忽然无话可说，呼吸就有些急促，不敢正眼看对方。我便去撕板壁上的报纸，一层一层，慢慢细细撕。居然从解放后撕到了解放前，从简体字撕出繁体字来。蓦然间一则花边广告映入眼帘：

七彩翡翠爱情巨片：出水芙蓉。
五千美女齐出浴，万条玉腿一齐飞。

开始两人没转过神来，继而几乎魂飞魄散，逃一般跑下楼去。

其实老长沙还有不少类似倒脱靴的小巷。从某家后门进前门出，即到了另一条街上，如今回想起来真算得上是老城特色。譬如离我家不远的县正街和平巷子，从巷尾那户人家后门进去，几弯几拐出大门就到了都正街。更近则有吊马庄、云泉里，都可穿过某户人家插近路，到另一条小巷去。读小学时，放学后常常与同学串巷子玩，成群结队，从这些人家那些人家的大门进小门出，前门进后门出，一边在院子里、走廊下吆喝喧天，搞得人家不胜其烦，甚至背扫帚追打。印象尤深者，乃是从小古道巷里的南墙巷子插近路，从一栋旧公馆的后门进，前门出，去晏家塘横街的公茅厕蹲点。那旧公馆的前主人是个资本家，既不敢怒也不敢言，所以成就了一条名副其实的"方便"之道。尤其每天清早，小古道巷的居民通过此巷抄近路，出入那栋旧公馆去如厕者络绎不绝。更有甚者，屡有结伴而行的堂客们、细妹子鱼贯而入，每人挑一副扁担，前头挂只马桶后头挂只水桶，水桶里清一色插根马桶刷把，摇摇晃晃有讲有笑，去晏家塘横街的公厕里倒马桶，涮马桶。直叫南墙巷子里的居民臭不堪言。

可值一提的是，至今南墙巷子尤在，老屋尤在，公厕尤在。而那些颇具妙趣，画图一般的市井风情，只能作为不可再得的历史陈迹，永远留存在记忆里了。

我一直搞不清佘志纯为什么对我好。她家是正宗的工人阶级，我家却是地道的"黑五类"，"文革"初期抄家抄得一塌糊涂。那段日子里我成天到晚失魂落魄的，一副倒霉样范。所以最初尽管隐隐感觉到了佘志纯的意思，心里却不敢确认。直到有一回，我们一起在小饭桌上玩"飞啪子"（一种早已失传的少年游戏，纸折而成，尖头方尾，互相对吹，吹翻对方者为赢）。我认真地与她对吹，低着头一门心思想着把她的"飞啪子"吹翻。不料忽然感到有阵微风朝脸上袭来，抬头一看，她竟然没有吹"飞啪子"，而是轻轻朝我脸上吹气。我有点愕然，说，你朝我脸上吹什么？她顿时满脸通红，起身跑回家去了。

这才觉得，佘志纯似乎真的喜欢我。不过非但不敢高兴，甚至还有几分惶恐，担心遭人非议。因为像我们这种"黑五类"子弟，只能夹着尾巴做人。尤其是街道治保组长的儿子李三反（搞"三反""五反"运动那年生的，其父故给他取名李三反），最看不得佘志纯与我亲近。其实本来我跟他是小学同班同学，玩得还算可以，下军棋他比我厉害，下象棋我比他厉害。两个人都喜欢集邮票，间或还斟换几张。但"文革"开始后明显跟我划清界限了，我对他亦只能避而远之了。

但是我知道自己喜欢佘志纯，当然仅仅止于暗中喜欢而已。佘志纯长得不算漂亮，脸上还有些雀斑，可是我喜欢她的姿态，喜欢她害羞红脸的样子，喜欢看她穿那件红灯芯绒衣服。还有，她妈妈蒸的馒头也实在好吃。且因为我吃相太难看，佘志纯总嗔怪我，就跟从饿牢里放出来的一样！

长沙妹子若喜欢一个伢子，屡屡比伢子勇敢，我深有感触。佘志纯就是这样一个妹子，尽管看上去显得柔弱。相比之下，我也为自己曾经的怯懦而不无羞愧。

那两年，每逢国庆前夕，街道革委会便会在巷口张贴一张勒令，将辖区内所有"黑五类"的家属集中起来，通通关进白沙街小学的一间教室里，统一学习两天，不准乱说乱动。我母亲理所当然忝列其中。但街道革委会却不管吃，每餐由各家子女送饭。第一天中午我去送饭，提着网兜低头出门，如同做了亏心事一般，不愿见人。不料恰巧碰上佘志纯。她一眼识破我的窘迫，说，我陪你去。我不作声，兀自急步朝前走。佘志纯便跟着我走。快走出巷口时，又偏偏碰了李三反。他见佘志纯跟我一起，又瞥见我网兜里的铝饭盒，便明知故问地奚落我，给哪个送饭去啊？我本能地打算将网兜换到另一只手上，不想让他再看。哪想被佘志纯抢先夺过，对着李三反高高举起，给他妈妈送饭去！

李三反顿时目瞪口呆。

倒脱靴离白沙街小学有些远。但有佘志纯陪我，心情好了许多，路也不觉得远了。给母亲送完饭后，我跟佘志纯说，既然到了白沙街，一起去白沙井玩玩不？佘志纯说好呀好呀，我还没去过呢。

白沙街是条地道的麻石老街，长约两三百米，中段高，两头低，成缓缓的拱坡形状。自明清两代起就有人从此路去白沙井挑沙水，因而得名。挑沙水的人整天络绎不绝，哪怕大晴天路面也湿漉漉的，从未完全干过。白沙街东边的尽头则是纵贯城区，朝南北两向蜿蜒远去的京广铁路。跨过几根用旧枕木铺就的道口，在一些杂树簇拥之中，则是闻名遐迩的白沙古井了。

那天，佘志纯就是穿的那件红灯芯绒衣服。我们两人蹲在井边，用双手掬井水喝，还洗了几把脸。佘志纯眉尖上挂着的几颗小小水珠，在阳光下晶亮晶亮。

后来我俩又沿着铁路朝南走。我说带她去偷彩色粉笔，她显得极为兴奋。先前我曾与别人偷过多次。那时候这段铁路沿线有家粉笔厂，各色粉笔制好后须放在一个个长方形木条盘内，沿铁路两侧空地摆开，晾晒。每个条盘放一种颜色，上百个条盘沿铁轨五彩缤纷地透迤远去，蔚为壮观，具有极强的视觉冲击力。我领着佘志纯，装一副若无其事的嘴脸，各种颜色都偷了好几支。佘志纯比我紧张，脸涨得通红，东张西望后也顺了几支。

我们沿着铁路继续朝南走，一人走一条铁轨。比谁快。佘志纯的平衡能力居然比我强，屡屡走在我的前面，掉下铁轨的次数也比我少得多。因两人过分专注，乃至远方有火车逼近竟毫无察觉，直到汽笛长鸣将我们吓了一跳。我一把将佘志纯拖下铁轨，火车从身边呼啸而过。待火车远去，才意识到自己一直将佘志纯紧紧拢在怀里。她也察觉到了，推了我一把，笑着跑开。我便追她。忽然间她停住了，趁我不备用粉笔在我身上划了一下，褪了色的蓝学生装胸前顿时一道黄色。我岂能示弱，掏出粉笔也在她那件红灯芯绒衣服上划了一道。两人一发而不可收，你一道来我一道去，边追边划，且换着颜色划，两人的衣服都被划得五彩缤纷，彼此划得哈哈大笑。后来佘志纯终于划不过我，索性在铁轨上坐下来，将头埋在臂弯，一动不动，任由我划。我更加放肆,在她身上蓝的绿的红的黄的划了个痛快。

不料忽然间,佘志纯却大哭起来,继而站起身,揪着我的衣服将我一顿乱捶。旋即又夺过我口袋里的全部粉笔,加上她自己的粉笔,天上地下四处乱扔。搞得我惊诧莫名,不明白她的情绪为何变得那么快。只好一脸懵然地站着,任由她发泄,再不敢吱声。那时候的我怎么能细腻地懂得,一个十五岁细妹子的微妙心理呢。

忽然某一天,佘志纯家那栋老屋的后门关闭了。开始倒脱靴巷子里无人在意,因为此前,但凡巷子里有人与大屋里的人闹矛盾,大屋里的人便屡屡关闭后门,以示断绝跟倒脱靴的来往,但不到三两天又打开了。因为毕竟断了一条互插的近路,双方都太不方便。这次却有些反常。有人约我跟车去株洲与衡阳搞了几天水泥装卸,兴高采烈赚了十几块钱,走进巷子里却发现那张后门仍然紧闭。我忽然记起早些天听佘志纯说过,她们会要搬家。当时我正想着别的事,所以仅心不在焉地哦了一声。她又说整个大屋的人都要搬,搬到树木岭的新厂去。我还是哦了一声,没有细问,老在想自己的事。后来回想,佘志纯好像有点不高兴。

这样一想,我有些紧张了。进屋匆匆洗了把脸,越想越不对劲。返身蹿出家门冲出倒脱靴,从小古道巷穿过晏家塘横街直奔上晏家塘,气喘吁吁跑到佘志纯家大屋的正门口,撞了进去。

一切为时已晚。大屋里的十几户人家已全部搬空。我仍不死心,赶紧跑到佘志纯家,门虚掩着。我轻轻推门进去,但见四壁皆空,地上亦扫得干干净净,未留下半点痕迹。

我心里也空落落的了。却又心存侥幸,过些天她会来找我吧,但一直没有来。自己呢,犹豫了好几次,还是没有勇气去找她。时间愈久,愈加不敢。且总以为,她会来找我的。又想,她是不是也总以为我会去找她呢?就这样,她没来,我没去,最终居然失去了联系。

多年以后听谁说过,佘志纯被招工进了长沙红星纽扣厂,但我早就没有再去找她的心情了。直到上了些年纪,在回忆倒脱靴往事时,她又时远时近地出现在我心里。当然,如今更不会想去找她,尤其在镜子里无意看到一副老男人沧桑的嘴脸之后。

我只愿在心里永远留存她那张世上最单纯的少女容颜。倘若她还记得我呢,亦永远是一个十六岁少年的懵懂模样。

高干子弟谢小陆

我跟他的交情谈不上有多么深厚,甚至在彼此内心深处,还隐隐藏得有一些互相排斥的地方。但是谢小陆敏感而且聪明,不太露痕迹。我对他的态度也尽量不亢不卑。因此一般说来,相处得还算愉快。

倒脱靴故事

严格说来，我跟谢小陆虽然有过一段比较密切的交往，但谈不上有很深的友谊。跟他姐姐谢小梅就更只能算附带有点交往了。

按照现在的标准，如果还有人说谢小陆是高干子弟，他的脑袋肯定进了水。谢小陆的父亲当时不过是一位部队里的正团级，在地方上就相当于正处。如今在我混饭吃的单位，上班下班楼上楼下，劈面可见局的局级处的处级，明白人哪里会因此高看他们一眼。

不过在"文革"初期，在我们那班整天游手好闲、混迹于南门口一带街头巷尾的市井少年眼里，谢小陆就是高干子弟，而且是正宗的、地地道道的高干子弟。那时候别说团级干部，就是营级连级排级，我们都难得一见。

谢小陆长得高高瘦瘦，头发很硬，牙齿整整齐齐，很白，有两粒犬齿。当然戴一顶军帽。不是那种帽檐梆硬的军帽，而是那种帽檐微微上翘,且踩着一圈圈细密而均匀针脚的老式草绿色军帽。穿的则是五十年代那种有肩章襻的军装,当然还有一双回力鞋。谢小陆而且喜欢把帽檐压得很低,这副样范轻而易举地产生了俯视我们兼矮化我们的效果。毋庸讳言,那时候,只要在街上碰见谢小陆,我们谁都有几分压抑,几分自卑,肩膀也不由自主地耸了。

尤其有一回,当我们亲眼看见谢小陆跟在他穿四个口袋军装的父亲后面,气宇轩昂地从一辆军用吉普里跳下来,旁若无人地走进坐落在小古道巷里的"三三一"招待所时,我,还有后来介绍我认识谢小陆的老五鳖,用现在的流行语表达,彻底地"羡慕嫉妒恨"了,为什么我们就没有这样一个父亲呢?

那时候,谢小陆的父亲就是株洲"三三一"厂的一个分厂厂长了。"三三一"在当时是绝对使人产生敬畏之心的了不起的秘密军工厂。有人说专门制造坦克,又有人说是专门制造飞机发动机跟导弹。而该厂驻长沙招待所就设在小古道巷内一幢颇有气派,却不知来头的旧式公馆里。

在没有认识谢小陆之前,"三三一"招待所是一个赫然矗立在我们面前的、可望而不可及的神秘世界。除非偶尔有军用吉普或军用边三轮摩托开进去或开出来,一张黑漆大门几乎永远关得铁紧。平时进出都是走黑漆大门上另开的一扇小门,而且也是随即开随即关。那小门上还装有一个黑色的电铃,非摁电铃而不得入。

那时候我们街上的调皮角色，大都有过偷偷去按那电铃的冒险经历。按了就跑，然后躲得远远的地方看动静，把那个专门负责招待所接待工作的扁嘴巴气得要命。其实我算个老实伢子，有回却忍不住手痒，麻起胆子偷偷也去按了一次，却偏偏就遭扁嘴巴逮了个正着，当即将我扭送到街道派出所，且把其他人的账全栽在我一个人头上了，还威胁要把我当成现行反革命破坏分子处理，把我吓得一脸煞白。那年头只要满十六岁就够资格打成现行反革命了，幸亏那年我还未满十六岁。

谢小陆比我还小一岁，他的姐姐谢小梅跟我同龄。他们父母不想让子女在株洲读中学，托人把姐弟俩安排到了长沙市二中。住就住在"三三一"，过马路进学院街就是学校，上学很近。他们姐弟俩的自立能力很强，自己把自己照顾得很好。他们父母也放心，隔两三个月才来看他们一次，住上几天。

在那段短暂而特殊的日子里，谢小陆跟他姐姐因此拥有了一个完全属于自己的独立王国。他们竟然还养了两只狗，一只叫团团，一只叫花花。姐弟俩有时一起进出，有时单独进出。大多情形下，两只狗总是前前后后跟着他们，摇头摆尾地欢跑。

有闲暇心情的时候，我间或会忆及与谢小陆相处的那些时光，虽说好多事记不太清楚了。开头说过，我跟他的交情谈不上有多么深厚，甚至在彼此内心深处，还隐隐藏得有一些互相排斥的地方。但是谢小陆敏感而且聪明,不太露痕迹。我对他的态度也尽量不亢不卑。因此一般说来,相处得还算愉快。谢小陆有些喜欢捉弄老五鳖,倒是显而易见,不过他也并无什么坏心眼。正所谓马善被人骑,人善被人欺,何况人家谢小陆是个高干子弟,老五鳖的出身是小资本家呢。固然我的出身更差,老五鳖跟我相比,乃五十步与一百步耳。

我与老五鳖同住在倒脱靴,从小一起长大,又曾在同一家街道工厂做工,迄今仍有来往。老五鳖比我也小一岁,为人确实憨厚,吃得起亏,尤其愿意帮朋友的忙。后来他成了一位手艺极高的木工师傅,我结婚时的整房家具,即是他利用业余时间跟我做的,且分文不取,喝两杯小酒即可。老五鳖从小动手能力就颇强,曾经无师自通,做出过一把填充式铳枪,工艺非常精致,枪管用的是从废品收购站偷的一截高压无缝钢管。我跟老五鳖一起去藩城堤买回铁砂子,初次填进火药装上铁砂子试射,竟然将十米开外的一只蒸钵射出十数个密集的透穿眼。后来我也仿制了一把,虽说手艺相去甚远,威力倒还相差无几。这也是令谢小陆不得不暗中佩服我跟老五鳖的地方。

但是谢小陆有一把气枪,气枪的实用性更强。我跟老五鳖自制的铳枪虽说威力强大,但操作复杂,且填充火药时有相当大的危险性,"轰"的一声枪响更是惊扰四邻,难得有用武之地。气枪则不然,使用方便得多,射击时亦只发出"啪"的一声,很轻。

与谢小陆结识后,我们三人经常背着那把气枪走街串巷打麻雀,兼打门牌号码,比眼法,乘人不备偶尔打两盏路灯。就眼法而言,我只能老实承认,谢小陆第一,老五鳖第二,我第三。

多年以后的倒脱靴,尚可发现不少旧门牌号上的气枪弹痕,引我回忆。

谢小陆和老五鳖是二中的初中同班同学,两个人上学放学经常走在一起,这样久而久之成了好朋友。后来学校停课闹革命,闲来无事,两人在一起玩得更多。

那段时期老五鳖受了谢小陆不少影响,学了一些高干子弟派头。比方说穿一条裤裆大得不得了的军裤,配一双白塑料底懒鞋,剃一个小平头,还竟然时不时冒出几句塑料普通话来。这也是屡遭谢小陆嘲笑之处。长沙话很多字的发音与普通话区别又实在太大。比如"灰""飞"同音,"去""处"同音等等。谢小陆就经常因此打趣老五鳖,说,老五鳖,我们到大托铺"灰"机场"处"看"灰"机"处"不?

老五鳖因此很恼火。

谢小陆其实对老五鳖不错,还给过老五鳖一顶正宗草绿军帽。老五鳖也学着谢小陆的样子,帽檐压得低低地戴,连眉毛都看不见了。不过怎么看怎么不对劲。有一天老五鳖蹲在磨盘湾的公茅厕里解大溲,满脸憋红正待运丹田之气,军帽突然被人从上空一把抢去。老五鳖裤子未曾捉稳起身就追,两瓣肥白屁股相当抢眼，可惜仍没追上。我在边上笑得要死，说老五鳖，你还有刮屁眼的吧？

那时候我和老五鳖好得屙屎都要邀伴。后来认识了谢小陆，只要是公茅厕排长队，我和老五鳖就借口找谢小陆，溜到"三三一"招待所的厕所里去屙。那是我最早见到的最高级、最卫生的厕所。有四个蹲坑，间板和墙上都贴了雪白的瓷砖。更令人叫绝的是每个蹲坑上方都有一个白瓷蓄水器，有根绳子悬下来，屙完屎一扯，哗啦啦——厕坑冲得干干净净。与街道上臭气熏天的公茅厕有天壤之别。乃至在相当长的一段历史时期内，在"三三一"的厕所里屙过屎，是最值得炫耀的一件事情。

不过谢小陆也在磨盘湾的公茅厕里留下了他的杰作，即墙壁上的两只回力鞋印。那时候，几乎没有哪个公茅厕的墙上没有大大小小、不同尺码的回力鞋印，这也堪称一个大时代的小特征吧。当然，这与我跟老五鳖无关，我们属于穿不起回力鞋的那一类人。

谢小陆、老五鳖和我，就是在"三三一"及磨盘湾的厕所里学会了抽烟。谢小陆的烟最好，经常有大前门抽，老五鳖也时不时买几根岳麓山的零烟。那时候，长沙市的小南货铺里，烟酒都可拆零卖。只有我最穷，顶多偷点父亲的旱烟丝，三个人躲在厕所里用报纸卷喇叭筒抽，呛得青筋直暴，还乐此不疲。还记得，最早学会从鼻孔里往外头冒烟的，也是谢小陆。

再讲讲老五鳖介绍我跟谢小陆最初结识的经过吧。这应该算作印象最深的记忆，并且也可以一起说说谢小梅了。

记得是个冬天的中午，头天刚刚下完一场大雪。老五鳖问我敢不敢去跟他的同学谢小陆下军棋。我说怎么不敢？后来才晓得老五鳖跟谢小陆下军棋屡败屡战，屡战屡败，才在谢小陆面前使激将法，把我抬出来替他报仇雪恨。此前谢小陆除了跟老五鳖是同学关系有交情之外，从来不用正眼看街道上任何其他伢子，将其统统视为路人，概不往来。说实话，我一直觉得憋气。

不过这次跟在老五鳖的屁股后头，看他名正言顺、人模狗样地按门铃，我的手板心还是紧张得出汗。幸好那位扁嘴巴竟然也没有认出我来，努努扁嘴把我俩放进那张开在大门上的小门内，随手将门"砰"地一关。忽然间，我产生了一种置身于另外一个世界的陌生感。与外头喧哗的市声相比，周围显得异常安静。不大的院子里左右各种有一棵玉兰花树，与我家那两棵大小差不多。有只鸟忽地从树上飞走，震落些许雪花，恰巧落入我的颈脖，令我打了个冷噤。在右边的那棵玉兰花树下，还停放着一辆用军绿色油布罩得严严实实的三轮摩托车，上面覆盖着厚厚一层白雪。从那纹丝不动的静穆当中，我分明感受到了一种袭人的威严。

谢小陆家住在二楼。老五鳖带领我穿过一条两边全是高墙的狭窄过道，忽然往右一转，迎面就是楼梯。上楼进门就是一间很大的房子，里头还有一间小一点的。大房间呈多边形，窗户上方呈半圆形，很高大，墨绿色的绒窗帘分开得整整齐齐，垂在两边。正面靠墙壁的五屉柜上，端放着一尊毛泽东的石膏胸像。另一面墙上的镜框内嵌着的一张合影，应该是谢小陆的父母吧，样子很年轻，都穿着臃肿的棉军装，胸徽上"中国人民志愿军"几个字清清楚楚。

其实我跟老五鳖未来之前，谢小陆就已经将棋盘摊放在茶几上虚位以待了。我们就在其中一个有阳光照进来的窗户边上开始下军棋。也没多说话，毕竟初次见面开始都有点拘谨。又无意瞥见小陆的姐姐谢小梅在那间小房里看书，赶紧掉开眼光。不料第一盘我几乎没反应过来就输了，弄得我大为尴尬。老五鳖在一边急得要命。

我感觉谢小陆下军棋完全不按常理。事后分析，他第一盘采用的是闪电战加人肉战。中线总司令身先士卒，再将几乎所有兵力集中于左翼，军长后面跟炸弹，炸弹后面跟师长，师长后面又跟炸弹，不计死活一路强攻，打算拼它个弹尽粮绝。右翼则完全空虚，最后两排连埋三个地雷。行营内仅派一个排长保护，专门对付挖地雷的工兵，并同时造成军旗在此的假象，实则军旗埋在左边毫无保护。如此这般要么大赢要么大输，纯粹靠胆量与运气。我先前从未见过此等阵式，猝不及防，当然输掉第一盘。第二盘我摸清套路，以牙还牙，居然赢了。

余下几盘双方就是打心理战了，彼此各有胜负，与技法几无干系，何况本来军棋就谈不上有何不得了的技法。老五鳖暗地里当然巴不得我盘盘赢。他姐姐谢小梅在小房里出来看我们下了一盘，说要跟我下。我说好。结果她竟然连赢我两盘。直到第三盘我才赢了她，好歹挽回了一点面子。谢小梅极有意思，赢我的时候表情很严肃，说再来一盘。输了之后却哈哈大笑起来。我发现她跟谢小陆一样，也有两粒犬齿。谢小梅谈不上长得很漂亮，但眼角稍稍上挑，有点丹凤眼，倒是好看。且正值刚刚成熟的少女年龄，眉宇间藏有一种几分纯朴、几分任性的动人气质，我想看她却不敢多看。

下完棋已是下午三点多钟，谢小陆朝我和老五鳖使了个眼色，我不明白是什么意思。跟着他爬出一扇窗户，窗下原来就是那条狭窄的过道。谢小陆用力一跳，从过道上空跃过，落在对面的屋顶平台上。我和老五鳖也麻着胆子跳过去。谢小陆说，敢不敢？脱光了晒日光浴？我跟老五鳖犹豫了一下，说，这有什么不敢？

那天虽然天已放晴，却干冷干冷，墙角还有积雪，但是我们还是脱光了。三个人就这样屁股冷光，赤条条地躺在屋顶平台上的一床破草席上，沐浴着冬天的太阳。谢小陆忽又起身，从脱掉的衣服口袋里翻出半包大前门，一人一支。正值吞云吐雾之际，突然听见窗台口传来谢小陆姐姐的一声尖叫，继而是椅子倒翻在地和茶杯摔碎的声音。原来是谢小梅不晓得我们爬到屋顶上搞什么名堂，想看看究竟。这下可好，吓了她也吓了我们，慌忙扔掉烟头，爬起来你推我搡，个个捂住自己的要紧处，都想躲到别人的背后去，只差没被挤下屋顶。

我们在谢小陆家吃的晚饭。厨房其实就是他家大房间里的阳台，朝南整个一排玻璃窗户，又亮堂又宽绰。谢小陆、老五鳖，还有我做下手，谢小梅掌勺。她炒菜手脚麻利，满脸绯红。几丝黑发被微汗粘住贴在鬓角，极为妩媚，令我又偷看了好几眼。谢小梅做了一盘莴苣脑壳炒豆豉辣椒，一盘芹菜炒香干子，还有一碗酸菜豆腐脑汤。四个人吃得嗒口嗒嘴，津津有味。他们家的两只狗，花花和团团，快快活活地在桌子底下钻来钻去，不断制造些小麻烦。谢小陆大声呵斥它们，它们却毫不在意，兀自摇头摆尾，讨好主人。

告别时我又看了看谢小陆父母的那张合影。我说谢小陆，你长得好像你爸爸。谢小陆笑了笑没作声，谢小梅却在旁边说，哪里像？家里都说我长得像爸爸，小陆长得像妈妈！我再细细看看那张照片，居然觉得谢小陆也像他妈妈了。

反正我和老五鳖玩得很晚才回家。两个人走出"三三一"招待所，随即听到身后那张小门"砰"地一关。出门的那一瞬间，平时眼里熟悉不过的街道，居然像我刚进门时一样，也产生了一种异样的陌生感,一种近乎做梦的感觉。直到老五鳖推了我一下,问我怎么了,这才回过神来。我抬起头,但见满天繁星闪烁。

就这样大概跟谢小陆交往了两年左右,记忆中还留存有夏天一起去湘江游过泳的印象。还很清楚地记得,谢小陆个子虽然不高,但体形很好,且有两块明显的胸肌。那一次他姐姐也去了。我们三个人用个大轮胎,护送她游过了湘江。谢小陆还把几根大前门跟一盒火柴装在一个小塑料袋里,再用橡皮箍箍将口子箍紧,缠在腰上。我们在橘子洲头上了岸,头件事就是躺在沙滩上一人唆了根烟,后来又在洲上捉蝉帘子。谢小梅跟着我们跑上跑下,她没有游泳衣,就穿着普通女学生式样的浅花短袖衣,蓝色长裤子挽至膝盖。样子自自然然,但已隐隐呈现出少女的轮廓了。

我还跟谢小陆、谢小梅交换过书看。当然都是些不能张扬、只能躲着偷偷看的"毒草"。印象中我借过一本有头无尾的《林海雪原》给谢小陆,他借给我什么书早忘了,但谢小梅借过我一本《牛虻》,还是繁体字版本,看得我激动不已。至今我仍然记得那句卷首语:

无论我活着

还是死去

>   我都是一只
>   快乐的大苍蝇

　　到底是什么时候谢小陆跟他姐姐搬走了,如今丝毫也记不起来。几十年过去,更不知道谢小陆,还有他姐姐谢小梅,后来在哪里生活,生活得好不好。而他们姐弟俩曾经住过的"三三一"招待所,早些年随着小古道巷的棚户改造工程,被拆毁得一干二净,在这世界上已了无痕迹。

　　我呢,亦早就成了一只既谈不上快乐、也谈不上多么忧伤的老苍蝇。

小学同学姚大器

哪里晓得,姚大器竟然拒不认错。且歇斯底里地大叫,我不是流氓!我就是喜欢她!我可以为她去死!

080　倒脱靴故事

姚大器的父母一共生了七个崽女,姚大器是最末那个。头四个生在旧社会,后三个便生在新社会,长在红旗下了。再到"文革",才知道这七个崽女的名字惹了麻烦。

他们这一辈属姚氏家族中的"大"字辈。七个人的名字分别叫作大中、大华、大民、大国、大英、大正、大器,连起来读即"中华民国英正器"——最后终成"大器",这还得了。

他们的父亲是长沙城里一位颇有名望的老中医,叫姚光仲。湘东醴陵人,与曾任湖南省省长的程潜为老乡,且私交很好,程潜经常派司机来接姚老先生去看病。加之倒脱靴巷子里的邻居谁有个三病两痛,都习惯直接找到姚老先生家里,开个方子去中华国药局捡药便是,省得跑医院,因之口碑颇佳。何况在批斗会上,姚老先生诚惶诚恐给七个子女改了名,将"大"字辈胡乱改成了"卫"字辈,卫东、卫单、卫红、卫国什么的,算是改邪归正了。

可惜事后非但他本人记不清哪个是哪个，家人及邻里更无一人记得清，也索性没打算去记。最终不了了之，仍称其旧，再也无人去做计较。

姚大器的家庭关系比较复杂。姚老先生先后娶过三个堂客，七个崽女分别系三房所生。前头五个我不知道谁生的谁，仅仅知道姚大器与他的细哥姚大正是最后的堂客所生。还知道，姚老先生前头两个堂客都死了，最后的这个堂客，巷子里叫她姚三娘子，比姚老先生要小二十几岁。

说出来恐怕没人相信。直到四五岁了，姚大器还要吃她妈妈的奶。有一回，我俩蹲在他家大门口看蚂蚁子搬家，看着看着，忽然间他起身跑回进院子，一把掀开正在纳鞋底的姚三娘子的衣襟，捉出一只奶子吧唧吧唧便吮起来。那只奶子又白又肥，给我的记忆委实深刻。

我跟大正、大器俩兄弟都玩得可以。大正比我大两年级，性格内向，成绩好，话不多。大器与我同龄，性格外向，成绩不好，话多。我跟他小学同班同学，更合得来。合得来并非我的成绩也差，而是大器为人果然大气，还舍得替我打架。固然我也经常让他抄抄作业。

大约八九岁时候，姚大器一对眼珠子忽然发黄，精神亦有些萎靡。姚老先生看了一眼，脉都没拿，旋即开了张方子，要姚三娘子去捡药。姚三娘子着急得紧，问大器得了什么病。姚老先生有点不耐烦，说叫你捡药就去捡药，多什么嘴。姚三娘子遂不敢再问。后来当然知道了，大器得的是黄疸型肝炎。

始料未及的是，坏事对大器而言变成了好事。那两年正值过苦日子时期，政府对肝炎患者每月有二两白糖的指标（水肿病每月则有一斤黄豆的指标）。于是姚三娘子每日舀一小勺白糖，冲半碗白开水，权且当作营养品给大器喝。大器呢，每每捧着这半碗白糖开水站在屋门口，两头张望。只要有细伢子过身，便很夸张地喝起来，且发出巨大的窸窸窣窣的声音，以此为炫耀，其实每次仅仅吸入很小很小一口，以保持其可持续性。

大器唯独对我不错，让我尝过若干小口。当然不能让我端碗，主动权必得由他掌控。每次仅将碗沿小心翼翼凑近我的嘴唇，控制其吸入量，点到即止。

这样一来，巷子里的细伢子几乎个个都想得肝炎。我呢，每天总要偷偷照几回镜子，且用力将眼皮撑开，看看眼珠子发黄了没有。无奈镜子里的我虽然面黄肌瘦，眼珠子却从来没有黄过，甚至还有几分贼亮。

既无患肝炎的荣幸，当然也就没有白糖吃。解馋的办法，便只能偶尔泡碗糖精水喝。此物乃一种半透明的小颗粒结晶体，通常装在一个有橡皮盖的小安瓿瓶内。那时候，普通百姓家家户户，糖精为必备品。我家每天要煮顿稀饭，母亲朝锅里撒上两三粒，使劲搅匀，一人盛一小碗。味道虽不及白糖，且毫无营养，但毕竟有股甜味，也多少可省出些咽稀饭的酸菜、酱萝卜。有次我想过盘足瘾，竟然偷偷将好几粒糖精直接舔进嘴里，结果满口苦极，全部吐了出来。

至小学毕业前夕，我终于得了场大病，骨结核。可惜此病并无白糖配给，令我大失所望。且手术后卧床半年方愈，再无机会读中学。姚大器呢，亦因成绩太差，竟然连民办中学也没考上，也只得辍学。于是一对失学少年镇日几乎形影不离，浪迹街头巷尾，尽干些无聊勾当。

有两年不知什么原因，全国各地城市忽然开始大量供应伊拉克蜜枣，且带有指令性质，长沙亦然。小古道巷与晏家塘的拐角有家南货铺，墙上赫然贴着一条"人人为我，我为人人"的标语，门面却局迫。店主只得摆两条板凳在门口，将长方形的木条盘搁在上面，伊拉克蜜枣堆得如小山一般。这种蜜枣既大且甜，惹得细伢子禁不住偷，但屡屡被店主现场擒获，暴揍一顿栗壳。但大器偷枣自有绝活，从未失手。把戏说穿了其实简单，先将双手故意插在上衣口袋里，绝不抽出，做老实状。手既未抽出，样子亦天真无邪，店主当然不会疑心你偷。其实口袋的里布早被大器撕了个破洞。仅稍稍弯一下腰，让衣服下摆遮住条盘，眼睛却看着别处，暗自将手从口袋破洞里伸出，狠狠抓上一大把，然后若无其事地离开。

此法屡试不爽，我亦多次如法炮制。只是大器弄得姚三娘子百思不解，儿子好端端的衣服口袋，为何老是破了个洞，且补好又破，补好又破。至于我的衣服口袋呢，本来已破烂至补无可补，早就形同虚设，固然偷枣更加方便。

多年后方才得知，伊拉克盛产的这种蜜枣，原本主要出口至欧美国家。因上世纪五十年代末该国发生军事政变，与西方反目成仇，受到欧美诸国经济制裁，致使赖以出口创汇的蜜枣卖不出去。其时我国恰与伊拉克建交不久，为拉拢该国反帝反美，遂大量进口积压的伊拉克蜜枣，以纾解其困境。不料后来坊间却有传闻，说此枣吃多了会得肝炎，心下还有些暗喜，偷枣遂偷得更加猖狂。但眼珠子还是死活黄不起来，我终究与肝炎无缘啊。

没过几年，小南货铺里的标语由"人人为我，我为人人"变成"要斗私批修"，且字更大，更加显赫了。伊拉克蜜枣却于不知不觉间悄然遁迹。

一日，大器忽然满脸兴奋地跑到我家，说他决定了，要响应毛主席号召，上山下乡当知青去。我有些意外。那两年，上山下乡运动已然如火如荼，但大器跟我一样刚满十五岁，文化程度亦都是小学毕业，实在算不上"知识青年"啊。

但大器缠着姚三娘子，死活要去。说大正去得，我为什么去不得？姚三娘子说人止十八岁了，还是高中生。你呢？连初中的门都未进去过！大器说我不管，我就是要去，我要当知青！姚三娘子便哭起脸来。她舍不得大器这个满崽。不料这件事被街道知青办听说了，就有女干部马上登门，软硬兼施地做姚三娘子的工作。说姚大器同学既然积极要求上山下乡，做家长的怎么能拖后腿呢？你这种思想有问题呵。你说大器才十五岁，那刘胡兰当年也是十五岁，就生的伟大死的光荣了呵！

那时候，家庭成分有问题的人，最害怕别人说自己思想也有问题。姚三娘子听女干部这么一说，只得一边流泪，一边同意了。这边厢，姚大器却高兴得跳起来。那女干部便赞许地拍了拍大器的肩膀，说，出身不由己，道路可选择。这批知青去的地方是江永。江永是个好地方，我去考察过，富庶之乡哦。头上柚子碰脑壳，地上红薯绊哒脚！

但凡年轻人，大多向往一种未知的、令人刺激的新生活。尤其不安分者如姚大器，更是如此。这应当是他闹着吵着要去下乡当知青的主要原因。其实我何尝不是如此。但因腿疾，终究没有去成。

姚大器走的那天，还特地跑到我家来与我道别，且送给我一个日记本子，说是街道知青办送的纪念品。我说你自己留着，在乡下写写日记。他却大大咧咧地说，我又不是雷锋，写日记做什么？你成绩好，会读书，你留着罢。我便收下了。

未料就在当年八月，江永有位"黑五类"出身的知青被贫下中农无辜枪杀，于是导致了大量江永知青因恐慌而返城。下乡才大半年的姚大器，便随着逃亡知青的队伍又瘦又黑地回到长沙。

姚大器跟我讲了知青王某某被枪杀的情景，还有些惊魂未定。那一天，王某某和几个同伴去县城办事，随后去电影院对面的一家饮食店吃面。面未上桌，突然闯进来四个农民，拿着梭镖和鸟铳。其中拿鸟铳者用枪口指着他们说，站起来！几人不知何故，赶紧起身。此人又问，你们哪个是王某某？王某某答道，我就是。话未落音，这个拿鸟铳的农民大叫一声：地主狗崽子！对着他的脑壳"砰"地就是一鸟铳。王某某顿时满脸流血，当场死亡。

后来我问姚大器在江永当知青生活到底有不有味。大器说有卵味，吃都吃不饱。我说不是有红薯吃么？大器白我一眼说，连吃三天红薯没问题，问题是连吃三个月你试试看！我想了想，觉得大器说的也是。

那时长沙城里正值各派组织武斗正酣，美其名曰"文攻武卫"，几乎抢夺尽了所有机关、厂矿民兵连的枪支，甚至连地方军区或武装部的枪支都敢去抢。姚大器和一些返城的知青，加入了长沙知青造反派组织"红一线"。因为他年纪比别人都小，加之没什么文化，写标语刻蜡纸什么的都做不来，就更不用说写批判文章了。顶多会推推油印机滚筒，印传单。但他手脚麻利，印得又快又好，且也乐意做小跑腿。至于跟着比他大的知青开卡车出去搞枪，则更加兴奋。

有一天上街，我看到一辆苏式嘎斯51从黄兴南路呼啸驰过，满车厢全副武装的战斗人员，驾驶室顶上还煞有介事地架着挺机关枪。且看见姚大器威风凛凛地站在驾驶室门边的踏板上，一手紧抓后视镜支架，一手擎面红旗。内穿海魂衫，敞怀，一副意气风发的样子。军装与红旗均被迎面的疾风吹得肆意飞飏。

站在马路边上的我，内心不由得生出几分自卑。

就是当天晚上，姚大器忽然悄悄找到我，说，我搞了一样好玩的东西，玩不玩？我当然好奇，问他什么东西。他把那件假军装潇洒地一撩，吓了我一跳。皮带上竟然插着一颗木柄手榴弹。我说是真的么，哪来的？他说当然是真的，从南区武装部抄来的！

这一下我也来了兴趣，说怎么玩？他说找地方丢呀。我说往哪里丢？他说你想想啊。我想了半天想不出。忽然姚大器把脑壳一拍，说有了，往井里头丢，不会有危险。我想确实。于是隔天两人起了个大早，偷偷来到倒脱靴巷口的井边上。姚大器说你丢还是我丢？我说还是你丢吧。其实我知道，姚大器就想自己丢，我的胆子远没有他大。姚大器再无二话，抽出插在皮带上的手榴弹，用力旋开军绿色的金属后盖。

我凑近一看，端口还覆盖着一层半透明的油纸，便说，这恐怕是防水用的。姚大器说应该是。随即用指头捅破油纸，小心翼翼取出带着一小截绳子的拉环。看见他的手微微发抖，我的心也剧烈跳动起来。姚大器用左手将手榴弹悬在井口上方，闭紧眼睛，右手将拉环一扯，几乎在同一时间松手，手榴弹掉进井里去了。只听见"咚"的一声，却迟迟不见动静。两人面面相觑，紧张得要命。可冷不防脚下突然一震，旋即从井里发出一声沉闷得可怕的声音。我俩朝井下看去，只见井底的水仿佛煮开了一般，咕噜噜朝上直翻滚。两人不敢再做停留，撒腿便跑到巷子里去了。

不过数秒，挨井边住的几户人家门都开了，露出一张张惊恐的、不知就里的脸。我跟大器躲在巷子拐角处，扪嘴大笑起来。

后来发现还有比我们胆子更大的家伙。有天下午我跟姚大器去西湖桥沙石码头游泳。这是长沙城南湘江段最适合游泳的地方。两人刚刚游到一艘运卵石的驳船船尾，抓住舵叶歇憩，岸上忽然有人朝河里大叫，躲开躲开，要炸鱼了啊！话未落音，只见另外一人已高高举起一枚手榴弹，成弓步，做投掷状了。一时间尚在河里面的人吓得四散游开，纷纷躲在好几艘驳船的舵叶后面去了。岸上那家伙拔掉引环，将手榴弹朝江中拼命一丢。数秒钟后，"轰"地腾起一股尺余高的水柱。泡在水里的我躲在舵叶后面，骤然感到肚皮一震，吓得半死。事后才明白，这是爆炸引起的冲击波所致，总算有惊无险。

须臾间，江面上果然浮起十数条肚皮朝天，长不过一两寸的嫩子鱼来。

大器回长沙呆了大半年。其时还有大量知青滞留长沙，毕竟给社会造成了诸多不稳定因素，且难免对下一批知青上山下乡产生负面影响。于是政府开始大力宣传"我们也有一双手，不在城里吃闲饭"，同时强制知青返乡。到最后，甚至公开抓捕仍旧逗留长沙的江永知青，有的派出所先后竟抓了一百余人，然后用大卡车遣送回江永。当然江永方面也承诺，但凡回乡者，每人发五块钱，一担谷。

姚大器不得已又回到了江永。谁料此番一去，与家人竟成永诀，且背后还有一个近乎传奇的故事。

某天黄昏，姚大器带着与他相好的一位女知青去水库边玩。那女知青开玩笑说，你会抓鱼么，我想吃鱼。姚大器二话未说，上衣一脱，从数米高的石坝上一个猛子扎下去，此后却再未现身。花了好几个钟头才打捞上来，双腿却被几缕水草紧紧缠住，费了好大的劲方才解开。在场的人都觉得不可思议。第一，平时姚大器水性甚好，也在水库里抓到过鱼。第二，水库里哪来那么多的水草呢？

那位女知青叫吴娟，则跪在水库边上捶心恸哭，痛不欲生。且大喊，是我害死了他，是我害死了他呵！

其实吴娟的年龄比姚大器要大三岁。姚大器那年刚满十六，吴娟却已十九岁了，乃长沙某重点中学的高中生，彼此年龄与文化程度皆不般配。但究其两人所以相好，却令人思之慨然。

吴娟单眼皮，乍一看并不漂亮。但经得看，且发育得非常好。可惜家庭出身为官僚地主，性格内向且自卑，也不太与人交往。姚大器却偏偏喜欢她，情愿听她使唤。久而久之，吴娟便将他当作弟弟相待。姚大器喜欢替她做些力气活，吴娟便包了他的衣服洗。有空也结伴去赶墟。

但世上男女因缘并非顺理成章，且往往出乎意外。

那日两人赶墟归途，忽逢大雨。这倒无事，淋雨回队，洗澡换衣便罢。但事情似乎没有这般简单。当天，因为是去赶墟，吴娟特地换了件浅蓝碎花的确良衬衣，蛮好看。哪知遭雨一淋，浑身湿透，衬衣便紧紧贴在身上，分明勾勒出一副玲珑剔透的体态来。加之奋力奔跑，饱满的胸脯更如脱兔般上下跳跃，乳晕亦隐约可见。姚大器无意一瞥，喉头顿时发紧。但吴娟毫无觉察，且边跑边笑，催姚大器说，快点快点，回去洗澡换衣！

两人落汤鸡一般跑回队上。姚大器将吴娟送至屋里，从井里汲上满满一桶水，替吴娟提至屋外那处简陋的洗澡棚子。吴娟拿上衣服与毛巾，毫不介意地进去冲澡了，仅仅将门虚掩。且在里头大声说道，姚大器，你也快点回去，莫感冒了呵！

彼时的姚大器早已耳热心跳，近乎发懵。蓦然间如有鬼使神差,他走近洗澡棚子,猛地一脚,将门踹开。

一具美妙的、无与伦比的、青春勃发的胴体,顿时展现于他的眼前。

姚大器如遭雷击,一动不动了。

吴娟一时也惊呆了。她愣愣地盯着对面这个莽撞的大男孩,她心目中的弟弟。继而失声大叫,姚大器,你这是干什么?

姚大器仍僵化了一般,两眼发直。不料背后突然遭狠狠一击,他一个趔趄,倒翻在地。抬头一看,眼前竟是生产队长。活该他恰巧挑担粪桶路过,见此番情景,二话未说,便一扁担砍来,且将他劈头盖脑一顿臭骂。又随即喊来几个人,将姚大器五花大绑,押去了队部。

吴娟仓皇地用衣服裹住身子,将自己关进屋里,号啕大哭起来。

结局可想而知。且有一些女知青强烈要求,将小流氓姚大器扭送县公安局法办。幸亏那位队长尚存几分恻隐之心,觉得姚大器毕竟年纪太轻,平时也不似对女人动歪念头的人。何况打也打了骂也骂了,便想放他一马,开场批斗会,让其在社员大会上做个深刻检讨,若当场知错认罪,则松绑放人算了。

哪里晓得,姚大器竟然拒不认错。且在台上歇斯底里地大叫,我不是流氓!我就是喜欢她!我可以为她去死!

这样一来当然犯了众怒,人群里顿时喧哗起来。随即有几个当地社员，摁住姚大器一顿猛揍，现场几乎失控。却见吴娟突然疯了似的冲上台来，用身体紧紧护住姚大器，大哭着喊道，你们别打了，姚大器是我的人，我也喜欢他！

一场闹剧，最终如此这般不了了之。

却谁能料到，姚大器竟一语成谶。不久之后，他果然因吴娟而死。

多年以后，在一次友人的聚会上，我偶然认出了姚大器的哥哥姚大正。很高兴他也认出我来，虽然两人均已鬓发萧然。其时他已是师大历史系的副教授。闲聊中姚大正告诉我，他正在重修姚氏家谱。我对此类事情虽无兴趣，但还是愿听他说说。他便从提包里翻出一叠打印稿，这里那里指给我看，最后手指停在一行字上，说，这是他们姚家的字辈排序，且逐字念给我听：

承继先贤德，廷翰世泽长，光大贤明启，万代照明芳。

又说，可惜我们家大字辈兄弟姊妹七个，最小的大器死得最早。说罢，神色不无黯然。

094　倒脱靴故事

"某种意义上"的凯伢子

"从某种意义上来讲,美国的亿万富翁比尔·盖茨,中国的亿万富翁马云,跟我有什么区别?再有钱,屙屎也不能占两个茅坑吧?"我大笑了。

但凯伢子仍然满脸认真,"再从某种意义上来讲,范冰冰跟芙蓉姐姐有什么两样?电灯一关都是一样!"这我就不敢苟同了,但也无意反驳。

听说小古道巷二期拆迁有新动静,便又回了一趟倒脱靴。

把车停在磨盘湾小学对面拆迁办的院子里,刚出来没几步,忽然听见有人喊我。转背,身后那家送煤气罐的小店里,坐着我的小学同班同学,至今仍然住在倒脱靴的隔壁邻居凯伢子,是他喊我。我连忙搭白,虽然颇觉意外。多年来我们难得见回面,偶尔在巷子里碰见,也就点个头而已。

凯伢子从小性格孤僻,在巷子里天马行空,独往独来。如今老了,依旧如故。不过小时候,我跟他还算玩得好的。

我走拢,他用脚把一张矮板凳拂过来,说坐啰坐啰。我反正无事,便坐下。他旋即掏出一包软盒蓝芙蓉王,烟盒一抖,弹出一根烟。我说早戒了,他仍固执要递,烟都递到我鼻子跟前了。说戒么子卵烟啰,莫把命看得太重哒。

其实我也并未把命看得太重,便接过烟来,顺势在鼻子上闻了闻，说你咯是好烟啊。凯伢子二话未说，叭哒一声，又点燃了打火机。我赶紧叼烟，凑拢过去。

我原本烟瘾并不大。除开喝酒聊天打麻将，一天一包的样子，且上午一概不抽。戒烟的原因也简单，大概十多年前吧，是个极热的夏天，几个朋友在湘宾开了间房，邀我过去打麻将。四人奋战一天一晚，未出房门半步，连盒饭都是叫人送进去吃的。且因开了空调，门窗紧闭，却抽烟无数，整间房子乌烟瘴气，但四人沉溺于四方城内浑然不觉。待凌晨回家，忽觉喉咙发燥，猛然巨咳，舌间处涌出一股怪异的甜味，忙奔至卫生间，竟发觉咳出来一口鲜血，吓了一跳。还不敢声张。第二天去医院检查，幸亏结果是支气管高度干燥，引起毛细血管破裂所致，有惊无险。但借此便将烟戒掉了。

虽说未把命看得太重，但人终归还是怕生病吧。

我叭了口烟，已然生疏地把烟从鼻孔里喷出来，顺便问凯伢子坐在这小店里做什么。他说不做什么，从这里过身，冇得事进来坐一下。旁边那个打赤膊的外地小店主，也憨厚地笑了，重复说，凯叔冇得事就进来坐一下。又补一句，呷根烟就走。我忽然就来了兴趣，近两年不正打算写点有关倒脱靴的往事么，何不趁此机会跟凯伢子扯扯谈呢。

难得他主动跟我打招呼，还递烟。便跟他东一句西一句聊起来。

快得很呵，一眨眼几十年过去了。我来了句老生常谈。

从某种意义上来讲，凯伢子说（没想到这句话居然是他的口头禅），一个人活一百年，也是每天吃饭睡觉屙屎。一个人活一百天，也是每天吃饭睡觉屙屎，有什么区别？当然，这是从某种意义上来讲。你说是不？

是呀是呀。我说，且附和了他一句，从某种意义上来讲，肯定是。

凯伢子是他家里的满崽，姓凌，叫凌凯华。上头还有两个哥哥两个姐姐。隔两岁一个，隔两岁一个。奇怪得很，凯伢子直到六七岁时才开始长牙齿，此前一直是个扁嘴巴。屋里人因此对他宠爱有加，也因此惯肆了他。但凯伢子读小学时就写得一手好钢笔字，乒乓球也打得极好，还得过全市小学乒乓球比赛的冠军，奖品是一只正宗红双喜的双胶粒球拍，这是足以让其他同学羡慕不已的。

倒脱靴九号公馆最初的主人原本是国民党一位高官的姨太太。一九四七年因为要随丈夫去台湾，便将房子卖给了凯伢子的祖父凌子倪，价格很便宜。凯伢子说，上世纪九十年代初期，这位姨太太在后人的陪同下还来过倒脱靴，找到了这栋曾经属于她的公馆，拍了些照片走了。

凯伢子的祖父解放前是太平洋百货公司的大股东，亦是民生厚床单厂的老板。"文革"时期开斗争会，将他与隔壁倒脱靴十号的李福荫一起斗，说他们解放前一个是长沙的"百货大王"，一个是长沙的"南货大王"，都是资本家。其实两家虽然隔壁，平时却素无来往，偶尔碰见，亦形同路人。不可思议的是，受"文革"的冲击，李福荫的太太中了风，凌子倪的太太（即凯伢子的祖母）也中了风，只是程度稍轻。最深的印象就是她祖母的嘴角，老是不由自主地抽搐。

可惜的是，风闻会要抄家，凯伢子的父亲要祖父把家里残存的金器藏到外头去，祖父不肯。结果半夜里铁道学院的红卫兵冲进屋里抄家，祖父两腿发抖，五分钟还未扛住，打开柜子主动交了。

藏在一个美国克宁奶粉的洋铁罐里，大半筒呢。凯伢子说，里头还有两块劳力士金表。

街上的邻居都叫凌子倪作凌爹爹。白头发白胡子，瘦，且高，却佝着背。"文革"时期已行走不便，很少出门。出门便是参加街道上的政治学习。左腋窝拄一支单拐，右手提一把圆凳面的高脚椅，椅子背面写着三个工工整整的毛笔字：凌子倪。

那时候参加街道上的学习，都要自己带椅子。

这把椅子我熟悉。到凯伢子家去玩时，见过凌爹爹在厨房里，坐在这把高脚椅子上细细地切一块极小的肉。现在估摸，那块肉之长、宽、高均不会超过五厘米。但凌爹爹切得极认真，如同在制作一件工艺品。精的放一边，肥的放一边。

凯伢子家的那栋公馆,少年时候他邀我进去玩得较多,样子还记得比较清晰。进门后经走廊,要上几级麻石台阶才入正房。迎面也是堂屋,比十号的堂屋要小一些,叫客厅应更合适吧。墙上挂一架罗马数字的西式壁钟,状如木屋。每到正点,木屋上方的小窗便突地打开,伸出一只小鸟,竟发出布谷鸟的叫声。伸一下头"布",缩一下头"谷",几点钟叫几下,"布谷""布谷",煞是有趣。钟的下面还有一长一短两根铁链,各挂一纺锤形的金属悬垂物。最初不知何用,怯怯地问凯伢子。凯伢子不屑地说,代替发条噻。于是不敢再问。

另有大概四五间住房,几间杂屋。还有个不小的院子,但并非正朝大门,而是在正房的左边。层层叠叠靠青砖墙摆了上百个花钵,种满了各种各样的花草,偶尔还可以捉到蚱蜢。两面高大的青砖墙上,爬满了叶蔓密密匝匝的爬壁藤,常见壁虎出没。

从正房左面走廊到花园里,也要下几级台阶。

印象最深的是凯伢子家的水井。过去长沙人但凡家境稍殷实,且独门独户,有口水井很普遍。一律都是用系上井绳的吊桶直接至井里扯水。但凯伢子家里不然。他家的水井上方架了个坚固的木梁,上面悬了一只生铁制的定滑轮,一根大拇指粗细的棕绳穿过其间。如此利用金属滑轮朝下用力扯水,自然比弯腰徒手往上扯水省力得多。这个在当时堪称现代化的装置,除他家以外我再没在别处见过,在当时的长沙城里恐怕也极罕见吧。

且因为省力,那铁吊桶要比别人家里的吊桶足足大上两倍。

我常常在凯伢子家井边看他扯水。当凯伢子双手用劲朝下扯时,一瞬间身体竟然可以悬空。就这样反复运动七八次,至盛满井水的吊桶被扯到井口上方,凯伢子便腾出左手,借用惯性轻轻托住桶底,将满桶井水移至水缸边沿,顺势朝里一倒,整个动作如行云流水,一气呵成,极具刚柔相济的美感。

凯伢子家的厨房也大。用具显然也比一般人家富实。固定在墙上的木碗柜被桐油搽得泛亮,木框架牛圈心灶台,左右的生铁瓮缸至少比我家的大一倍。还有煤槽、煤耙子,也至少比我家的大一倍。甚至连生火钩子都是在铁匠铺里定制的,根本不像我家,随便弄根铁丝,纡弯就成。案板亦足有一米五六长,厚约寸许,底下则是一排木柜子。

想当年凌家无辜破落,凌爹爹倚杖端坐于极具形式感的长脚圆椅上,亲自在偌大一张案板上薄薄地切一块宽高不过五厘米的肉,不免有些感慨。

与倒脱靴其他几家公馆相比,凯伢子家的大门倒是窄很多,但看去显得低调而结实,且要上几级台阶。左扇门几乎永远处于关闭状态。右扇门上有只黑色的生铁门环,门环下则是锁孔,装的牛头牌乓锁。家人进去得用钥匙开门,万一没带钥匙,就只能敲门环了。

凯伢子在家里最烦外面敲门。偶尔他的哥哥或姐姐忘带钥匙只好敲门,凯伢子开门的同时必定高声呵斥,又不带钥匙!咯是最后一次啊!

哥哥或姐姐只能低眉顺眼,灰溜溜地侧身闪进。

巷子里一班细伢子最喜欢的恶作剧,便是敲凯伢子家的门环。以倒脱靴一号的八伢子为首。悄悄蹭上他家门口的台阶,用最快的速度一顿猛敲:砰砰砰、砰砰砰!旋即拔腿便逃。待凯伢子或其家人出来开门张望,他们早已跑得不见踪影。且屡屡故伎重演,乐此不疲。这是凯伢子最为深恶痛绝之事。

八伢子上面还有好几个老兄,五伢子六伢子七伢子。他们家拢共有十个兄弟姊妹,不过一般都是各玩各的。几个伢子在巷子里都是会讲狠的顽皮角色,却没有一个会读书的。

我多少明白,这是八伢子一伙对凯伢子一贯蔑视他们,从不理睬他们最为方便的报复。直到后来衍变为一种猫鼠互戏的游戏。头次敲门凯伢子并不理会,先端来一盆洗脸水,再从门上一小孔内朝外窥视,待八伢子他们二次偷偷逼近,便猛然开门,兜头一脸盆水泼将下去,直将他们泼得如同落汤鸡。

除开我,凯伢子从来不邀任何人去他家玩。说实话,我每次去他家里,也很拘谨,从不放肆。尤其若碰到他的哥哥姐姐,更不自在,因为他们从来不搭理我。在他们眼里,我近似于无。

但凯伢子在家里很霸道,他的哥哥姐姐都怕他。动不动对他们眼睛一瞪,甚或断喝。于是哥哥或者姐姐,能做的只是识趣地、不与他一般见识地悻悻走开。

跟凯伢子扯谈时,我还有意回忆当时的情景。凯伢子居然有些不好意思,说小时候其实哥哥姐姐不是怕他,是跟大人一样宠他,放让。我想也是吧。凯伢子的哥哥姐姐都对他好。尤其在广州的大姐,迄今对这个弟弟仍有不菲资助。凯伢子的女儿从小学至大学的费用,亦由大姐全部负担。

"文革"初期有段时间里,我和凯伢子交往还算密切。一则是同班同学,又住贴隔壁,何况出身都不好,有点惺惺相惜。凯伢子比我大方,口袋里散碎银两也比我多,最多时竟然有过五块钱。当然这些钱的来路并不光明正大,主要出自偷卖家里的旧报纸旧杂志。凯伢子是主犯,我是从犯。那时候他们家订了好几种报纸杂志。过刊也舍不得丢,由他哥哥姐姐捆得整整齐齐,摞在一间小杂屋里,久而久之竟有半屋之多。

这间杂屋里平时一直锁着,无人进去。凯伢子约我爬窗户进去过一次,才发现里头有不少稀罕东西。比如华生牌电风扇,大喇叭口留声机,黑胶唱片,铆着铜铆钉的老式皮箱什么的。还有两个摆满旧书的书柜,甚至还有一架立式钢琴。我试着打开盖子,没轻没重敲了一下,嗡的一声,吓人一跳,回音在屋子里经久不散。凯伢子则气得对我鼓眼咧嘴,却不敢作声。

到后来偷报纸，凯伢子便独自翻窗入室，只让我在窗台下头接应。

那时候旧报纸一角二一斤，几捆报纸也有二十几斤吧，到手往往也有两三块钱，于是一起上街大肆挥霍。豆浆油条包子烧卖，酸梅汤汽水冰果露，《地道战》《地雷战》《南征北战》，那些钱一天怎么花也花不完。

尤其被抄家后，一大堆旧书旧唱片在他家走廊上无人问津，遂使凯伢子又发了一笔不大不小的财。记得其中还有一套线装本的《金瓶梅》。反正不管三七二十一，分期分批，偷出去卖了个痛快。但我截留了两本，头一本是《四游记》。因原来只晓得《西游记》，孰料还有东南西北四游记，所以很感兴趣，印象最深的是《东游记》，说的是八仙过海。另一本旧小说叫《风萧萧》，作者徐訏，解放前出版的，繁体字竖排书。写抗战时期的上海，一个爱国青年跟一个叫白苹的百乐门舞女，两人合谋偷日本人情报的故事，最后白苹牺牲了。

我躲在晒楼上一个人偷偷看，看得惊心动魄却不忍释卷。此书藏在家里多年，最后不知所终。

时光荏苒。这部在解放后遭到严厉批判的"特务小说"《风萧萧》，于上世纪八十年代初又重新出版了。且偶然得知，此书近年被沪上女作家王安忆改编成了同名话剧，由上海话剧艺术中心在上海艺海剧场公演。

在送煤气罐的小店里，我跟凯伢子聊得还蛮投入。当然主要是听他说。我还从未听他说过那么多的话，估计两人抽掉了他半包烟。也因此得知了他家里，以及他自己我先前不知道的一些事情。

就倒脱靴九号公馆而言，凯伢子家里先后吃过两次亏。

"文革"开始不久，凯伢子的祖父为了表示进步，与过去的自己划清界限，主动将倒脱靴九号的产权交给了政府。政府很快安排了几户无产阶级住了进去，由房地局收房租，不过还是免了凯伢子一家的房租。

八十年代初期开始落实政策，政府打算将公馆产权退还，但前提是他们家亦须退还多年的房屋维修费。房地局说，产权既已打算退还私人，公家多年来承担的房屋维修费也理应退还给公家，细想其实不尽其然。因房屋交公以后，房地局先后安排进来的几家住户，所缴房租可一律是归了公家。若真正落实政策，这笔钱亦理应退还给原主呀。

但谁还会计较这些事情呢。能做到屋归原主，用凯伢子母亲的上海腔说，就已经是阿弥陀佛了。

凯伢子的父亲是地道的长沙人。四九年前应该享过一阵少爷福吧。解放后一直在汽车电器厂做会计。汽电在北门外头的伍家岭，离南门口颇为遥远。早出晚归，每天骑一部老掉牙的英国三枪牌单车上班下班。

每逢礼拜天，凯伢子便将父亲的单车搬出来玩。这辆老式英国单车尺寸比国产单车大很多，且是用脚倒刹，生手极难掌控。但凯伢子车技很好，可以在逼仄的巷子里原地转好几个圈。他也让我骑，但我个子比他矮，骑起来很费力，没转上两圈便掉下来了，但咬着牙又骑。

倒脱靴是一条东西走向的麻石巷子。夕阳时分由巷口朝巷尾看，但见逆光中两个少年，一高一矮，轮流骑一辆老式单车，在窄狭的麻石小巷里原地转圈，人与车皆投下极长极长的影子。彼时彼景留存在脑子里的这幅景象，竟然有种宝丽莱胶片的风味。

在家里，凯伢子唯独怕一个人，就是他父亲。凯伢子的父亲与一般长沙人说话粗声大气不同。讲话从来轻声细语，不苟言笑，有一种暗藏的森严。得知公馆产权可以退还的通知后，他未跟家人商量便作出了一个决定。即，将退还的公馆请房地局再行回购，价格任由政府定夺。所得款项全家人不论长幼，一律匀分。

家里无一人敢有异议。

这样一来，房地局自然高兴。且装模作样算来算去，除去历年房屋修缮费，此栋公馆尚值人民币二千一百元。凯伢子一家，爸爸妈妈加上五个兄弟姊妹，共计七人，刚好每人分得三百元。当然，公馆仍由他们家租住。

从此，凯伢子一家开始了给曾经属于自家的房屋交房租的日子。大致估算这栋公馆之总面积，应该有三百平方米左右吧。

这便是凯伢子家吃的第一次亏，有老邻居记忆犹新。

凯伢子的祖父祖母在"文革"结束后不到两年里，先后去世了。他母亲将他们床上的铺草搂成一捆，准备搬到大门外烧掉。刚刚将铺草倚在墙角，不料从里头掉出个小手帕包。打开一看，包的竟然是几只金戒指，令凯伢子的母亲喜出望外。当年抄家，这包戒指居然躲过一劫。

因为是隔壁邻居，凯伢子的父母我算很熟悉的了。尤其他的母亲，街坊邻舍都叫她凌妈妈，一个上海女人，性情极为和善，见人肯定先打招呼。有叫花子上门讨饭，必装上满满一碗，再打发几分钱。

从上世纪七十年代末开始，在老百姓中间，麻将很快死灰复燃了。凌妈妈几乎每天下午凑上一桌上海老乡，在她家里打，算得上领风气之先。凌妈妈打牌喜欢抽烟，但姿态很优雅，屡屡令我联想起民国时期有钱人家的太太模样。

并且有个奇怪的现象。巷子里除了凌妈妈是上海人外，还有一个倪妈妈、一个晏妈妈、一个邵妈妈，都是上海人。且她们几家的关系尤其好，相互间往来很密切。这几家人是什么原因，先后住进倒脱靴这条小巷子里来的呢？我始终未搞明白。

倒脱靴巷子里的居民，当然以湘籍为多，语言则绝对是长沙话占垄断地位。但巷子里的人称呼这几家上海人时，居然也都随了她们，凌妈妈长倪妈妈短的，而非按长沙话叫凌娭毑或倪娭毑，也有意思。

料想不到的是，气质优雅且善良和蔼的凌妈妈，后来竟患了老年痴呆症。早些年我回倒脱靴看母亲，在巷子里碰见过她几次，一个人踽踽而行。我喊她凌妈妈，她却漠然看了我一眼，全然不认得我了。

没过几年，凌妈妈去世了。

大约是二〇〇二年左右吧，房地局决定拆除倒脱靴巷内挨在一起的四栋旧公馆，即九号、十号、十一号、十二号，在原址盖一栋四层居民楼。房地局的如意算盘打得蛮好。这四栋公馆中，九号十号原本就只有一层，且已全属公房，十一号十二号虽说仍各有一半为私人产权，也只有两层。而新建居民楼有四层，即便原住户占去两层，还有两层可由房地局自由支配。

对于原租户，当时有两种分配方案。一是可以用集资建房的名义买下来，五年后拥有正式产权；二是续签租约，自己既可长期租住，亦可转租他人。对于拥有私人产权的住户，则在以面积换面积的基本原则上，再适当给予一定面积的优惠。

凯伢子家虽已不属私房，但当时几间正屋仍由他们家租住，所以也可以买两套三居室。如果按集资建房的名义，加上父母及本人工龄，每平方米仅七百元左右。可是凯伢子家决定放弃购房资格，仍选择长期租住。当然话说回来，当时的房租也确实便宜。

这亦即凯伢子家吃的第二次亏。

如今毗邻南门口，离黄兴南路商业步行街东侧仅一箭之遥的倒脱靴，乃长沙市之黄金地段，拆迁价听说每平方米已逾两万元。幸亏那年鬼使神差，我以父亲的名义选择了集资建房。凯伢子家当初若买下那两套三居室，如今至少在理论上值好几百万吧。

凯伢子这辈子混得不算好，但他并不怨天尤人，还能自宽自解。那天扯谈，他说及几十年来的一些经历与感受，一脸的无所谓。

从某种意义上来讲，凯伢子说，并且为了强调其意义，他又重复一遍，从某种意义上来讲，美国的亿万富翁比尔·盖茨，中国的亿万富翁马云，跟我有什么区别？再有钱，屙屎也不能占两个茅坑吧？腿一伸都一样，火一烧，一蒲灰！

我大笑了。

但凯伢子仍然满脸认真，说，再从某种意义上来讲，范冰冰跟芙蓉姐姐有什么两样？电灯一关都是一样！这我就不敢苟同了，但也无意反驳。

凯伢子也算当过几年芝麻官，长沙橡胶厂的厂长。只不过是所谓留守厂长，一只烫手的山芋而已。他原来当过车间主任，办事公正，从不徇私，所以尽管一天到晚板起一副脸，口碑倒不错。但九十年代末赶上了下岗大潮，继而工厂破产。一个烂摊子无人想管，上面公司又把凯伢子唆使出来，请他处理工厂善后事宜。让他火线入党，封了他一个厂长，说是替厂里排忧解难，凯伢子便答应了。我说总还点别的利益吧。他说有卵利益，想搞油水都冇得办法搞。我说，好歹是个厂长啊，也算老板吧。凯伢子哼了一声，说如今摆夜宵摊子炸臭干子的也喊老板。

从某种意义上来讲，我还替厂里赚哒三千万咧！凯伢子说，有个房地产老板看中了九尾冲厂里那块地皮，最高价出了九千万，我冇搭白。那个老鳖想拖我下水，请我喝酒，唱卡拉OK，做按摩。我怕懒得，喊我去我就去。打麻将故意放我的炮，让我赢，我装作不晓得。但地价老子绝不松口，一亿二千万。那个老鳖见我油盐不进，有天装了一档案袋子钱给我。这我就不能收了。从某种意义上来讲，这就是受贿，就是犯法了！

前前后后耗了将近两年，最终这块地皮硬是以一亿二千万成交，一分不少。凯伢子颇为得意。且不知不觉跟他们厂里的一个女会计混成了红颜知己。

但凯伢子的老婆是个贤惠人，且对凯伢子放心。虽然有些风言风语传到她耳朵里，却并不介意。所以凯伢子迄今仍跟那位女会计保持着并非"某种意义上"的密切关系，且经常相约去歌厅唱唱歌。但仅此而已，彼此绝不逾雷池一步。

有人不肯信,说这么多年,未必一次都冇搞过啊?凯伢子说,搞哒就搞哒,冇搞就冇搞,一是一,二是二。只要搞一次,就会收不了场。如果哪个男的硬想在外头搞,到发廊里去就是,随便选。搞完了把钱走人,省得啰唆!

此说让我极为欣赏凯伢子了,并且完全相信了他讲的这个故事。因为倘以常识而言,两人若真的发生了"某种意义上的关系",那么,这种"某种意义上的关系",似不可能维系十多年之久吧。

尽管这几乎可算得上个奇迹。

我又问凯伢子,平时在家里还搞些什么事呢?他说还有什么事做?每天买回菜,看两张报纸,礼拜五做一天饭(老婆每周五去她姐姐家玩一天)。上网只看新闻,只看美剧。警匪片枪战片,最近在看《反击》。好看得很。其他一概不看。早两天女儿问我看不看《湄公河行动》。国产动作片,票房好高。我不看。从某种意义上来讲,国产片比欧美片差得太远,我一律不看!

我说打麻将打得多不?同事邀了偶尔打打,凯伢子说。但跟我打麻将有三个规矩。第一,不准迟到,不准延时,正负五分钟。第二,莫扯跟打麻将无关的空头话。不讲话最好。第三,各抽各的烟,各用各的打火机。我说,你的规矩还蛮严格啊。凯伢子说那当然。要不然莫玩。约好晚上七点半架场,我肯定会早到。但先不进同事的屋，站在楼下抽根把烟，再看时间，七点半准时上楼敲门。有回我进去，等到七点三十五分了，其他两个同事还冇来。我转身就走。刚下楼，碰见那两个同事上楼。问我哪里去？我讲回去。同事说不打麻将了？我讲不打哒，你们迟到哒！

像凯伢子这般秉性乖张的人，如今这世道上恐怕是绝无仅有的了。

却没想到早一晌小学同学聚会，我跟凯伢子翻了脸。酒足饭饱后有人约打麻将，叫了我跟凯伢子。我打麻将话多，且喜欢开开玩笑，尤其有点喝高了。不料凯伢子把他跟同事定的那套规矩搬出来了，冲着我说，打牌就打牌，哪里这多空头话？我便有点不快，但没有吱声。没过好久，我又跟另外一个同学说笑了几句，凯伢子竟然又跟我生起气来，说，你嘴巴哪里这么多啊？再讲话老子不玩哒！这一下把我惹火了。我把桌上码好的麻将一拂，冲着凯伢子说，老子还不想跟你玩哒！

说罢起身便走，把其他两个同学搞得目瞪口呆。

但事后一想，都这把年纪了还意气用事，真是何苦来哉。再从"某种意义上来说"，凯伢子性格，亦自有可取之处啊。何况我跟凯伢子还曾经是一条藤上的苦瓜呢。下次若再有机会聚会，还是主动跟凯伢子打个招呼，碰杯酒，以释前嫌吧。

城南之恋

倒是如今,偶尔回想起年轻时候的那段时光,尤其春季四五月间的清晨,天色微明,我与季小乔下三班结伴回家,满街满巷扑鼻的槐树花香,季小乔边走边唱《莫斯科郊外的晚上》,我一路上吹口哨伴奏,心里头反而生出一丝丝怅然。

倒脱靴故事

戴国庆大我三岁，进城南机械厂我却比他早半年，我学车工他学钳工。后来我后悔学车工，每天要完成定额，很难磨洋工，尤其痛苦的是三班倒，日子实在难熬。费好大力气企图改换工种，未遂，只好死心。"车工紧，钳工松，吊儿郎当是电工"，我感同身受，戴国庆比我自由多了。

招进城南机械厂的先后有十几个人，这是一家街道工厂从未有过的事，后来再也没有招过这么多学徒工了。听说是政府出于安置"社会青年"的考虑。"社会青年"是那个时代的特有词汇，带有些许贬义，大多出身不好。出身好的人，很少混迹于社会，先后都招到国营工厂去了。

不过城南机械厂离家很近，就在天心阁城墙脚下的城南路上，抄近路上班不过七八分钟，比那些去郊外国营工厂上班的人至少可多睡半个钟头的懒觉，尚可聊以自慰。

跟我同住倒脱靴巷子里有个妹子叫季小乔,比我小两岁,跟戴国庆同一批招进城南的,也是学车工。她倒无所谓,女的学车工确实比学钳工合适些。

十几个招进城南的学徒工,没有一个出身好的。以戴国庆为最。他父亲当过国民党的宪兵,在南京政府大门口站过岗。季小乔相比稍微好点,他的父亲做过旧长沙《国民日报》的记者,算反动文人,一般情况下只是陪斗。我家就不用说了。

我最初想学车工,是虚荣心作怪。未进城南机械厂之前,我曾在长沙水泵厂做起重工,属合同工性质,出身不好者不可能招进去当正式工。其实水泵厂是地道的国营大厂,但我觉得合同工比正式工低人一等,起重工更无技术含量可言。虽然车间里开行车的婷婷妹子长得很漂亮,对我的印象似乎也好,还邀我看过一场《红色娘子军》。但我从来不敢流露出一丝半点对她的喜欢,甚或还用一种刻意的冷淡来掩饰自己的自卑。一年合同期满后,我便狠心割舍掉对婷婷妹子的暗恋,与她不辞而别,离开了水泵厂。

说真的,当时还兼有一种自作多情的悲壮感。即有朝一日混出了个人模狗样,定然要去找婷婷妹子,让她刮目相看,让她相信我绝不会有负于她。

我是这样想的,宁可进街道工厂,也要做一名正式工人,学门技术。身怀技术走遍天下,没有技术寸步难行。何况操纵车床的样子颇具形式感,技术最高亦可达七级,所以一进城南便要求学了车工。至于后来证明选择失误,却也生米煮成熟饭,无法改变了。

且终于也未混出个人模狗样来。

加之戴国庆进厂学的是钳工。那时候,戴国庆是令我钦佩甚或崇拜的对象。若当初我学了钳工,上班下班有事无事便可跟他厮混,抽烟喝酒聊天,听他吹嘘打群架、吊妹子的经历,这都是令人快活的事情。

戴国庆长相英俊,两眼炯炯有神。尤其上唇蓄两撇八字胡,更显得男子汉气概十足。后来香港电视连续剧《上海滩》火爆大陆,我们都觉得戴国庆长得好像里面蓄八字胡的丁立,戴国庆却嗤之以鼻,说,老子像丁力?丁力像老子还差不多!

我也替戴国庆惋惜过。曾经有个叫赛玉的妹子,住在水风井。长得有红有白,身材也苗条,脾气尤其好。为了她,戴国庆还差点跟北门的人打了一架。因为水风井属北门的地盘,北门那边的人于是愤愤然,说南门口的小杂种竟敢吊他们北门的妹子,岂不是找死。于是双方各自找人准备约架。地点都选好了,南门与北门的中线五一广场。这样两边都不吃亏。可是赛玉妹子死心塌地要跟戴国庆好,北门那边的最终只好作罢。不料没好上两个月,戴国庆又不想跟她好了。搞得赛玉妹子哭得收不了场。我在旁边看了毕竟于心不忍,想劝和。戴国庆却毫不动心,我也就无能为力了。

有两三年时间吧，下班后我老是鞍前马后跟着戴国庆跑。他也把我当作老弟看。我哥哥曾特别叮嘱过他，要他在厂里多关照关照我，那时我身体较弱，还生过一次大病。戴国庆一拍胸脯，满口答应。有他的荫庇，那些年真未被人欺负过。当然，戴国庆间或也指使我跑跑腿，比方替他买包烟，或去食堂打打饭，我也无所谓，反正把他当成老兄搞。

戴国庆有不少派头，我也跟着学。那两年，长沙的"水老倌"（多指喜欢啸聚街头，寻衅闹事的年轻人）流行穿包屁股、细裤脚的裤子。戴国庆做了一条灰咔叽布的，穿在身上屁股包得绷紧。衬衣一般不穿，仅用指头勾住衣领，随随便便搭在肩上，再配一件纯白色弹力背心，一双海绵人字拖，耸肩晃脑走海路，一副六亲不认的样范。

我也如法炮制，弄了一套同样的行头，跟着戴国庆亦步亦趋，在街头巷尾瞎混。刚开始不自在，很快便自我感觉良好了。且产生了一种虚妄的自信，竟然胆敢跟不认得的妹子搭讪了，可惜成功率等于零。不料有天晚上，我俩在黄兴路上转悠，被南区治安指挥部的抓了个正着。哧啦几下，用剪刀将我俩的裤子从裤脚剪到膝盖，剪成几根布条条。

戴国庆还教我学会了装病的绝招。装高血压和心动过速，去街道合作医疗站骗病假条。那位年轻的女医生就靠一本《赤脚医生手册》当家，很好骗。戴国庆不无得意地教导我说，好点子永远是最简单的。即面对医生，略作不适状，但表情切莫过分夸张。貌似正襟危坐，实则将屁股暗暗抬离椅面约半寸，成马步状悬空发力，不消二十秒钟，血压及心跳立马飙升。

后来我屡试不爽，不免自鸣得意。只是有回戏演过了，弄得那位女医生满脸狐疑，问我怎么来的？我说走来的呀。女医生大吃一惊，说，这么高的血压，心跳这样快，你一个人走来的，不要命了？听其意，如此状况我得由担架抬着去才是。

那一下把我吓得半死，估计真的高血压了。

进厂之前，戴国庆在南门口一带就有些名声了。不过虽然喜欢打群架，却从不带头。最擅长的当然是吊妹子，还会跳舞。"文革"时期，在"湘江风雷"毛泽东思想文艺宣传队搞过。我哥哥跟他同一个宣传队。我哥哥在乐队吹笛子，戴国庆在舞蹈队跳舞。进厂后的头一个国庆节，区里组织各街道工厂文艺汇演，戴国庆与另一位外号叫四毛鳖的青工跳双人舞《万岁，伟大的中阿友谊》，名声大噪，搞得厂里不少妹子对戴国庆大动芳心，甚或痴心。尤其是我的师妹吴桂香，只要戴国庆在她车床面前经过，就故意唱"海内存知己，天涯若比邻"，抑扬顿挫地唱：

我们之、间的革、命的战、斗的友谊，
经历过急、风暴雨的考验……

搞得戴国庆好不烦躁。

虽说戴国庆对厂里的妹子都看不上,厂里的妹子却没有一个看得上四毛鳖,这委实是个不无幽默更不无残酷的现实。我多少觉得不太公平。平心而论,就跳舞的功夫而言,四毛鳖比戴国庆明显要强。长相虽说不敢恭维,一双眼睛比我的还细,五短身材也比我更矮,我还是有些替四毛鳖抱屈。

并且四毛鳖为人豪爽仗义,打群架经常带头。我亲眼看见他一个"大背包",将一个北门的"叫脑壳"(长沙方言,指喜欢讲霸道的人)横摔在地上,半天没爬得起来。整套动作如行云流水,一气呵成。还有足球也踢得好,且经常在云泉里的巷口子上炫技。一圈人围着,看那只足球在他的足尖膝盖前胸后背左肩右肩及头顶上跳跃,如灵魂附体。凡此种种,戴国庆都比不上他。

无奈偏偏不招厂里的妹子喜欢。

幸亏几年后四毛鳖终于抱得美人归,是个长沙手帕厂的大眼睛妹子,比他还小六七岁。这样一来,厂里那些妹子又对四毛鳖刮目相看了。四毛鳖总算暗暗出了口恶气,且终于可以颇具底气地宣称:老子从来不吃窝边草!

戴国庆呢,厂里的窝边草不少,唯独看上了一蔸,就是季小乔。老是跟我说他喜欢季小乔身上的那股"高贵气质"。我颇不以为然，但也没有扫他的兴。那时候，我还算偷偷摸摸读过几部世界名著，一本遭无数人传阅，被翻得稀烂的《红与黑》，可以点根蜡烛，一通晚看完。虽则因残缺不全，不知道最终结局而不胜懊恼，但依旧被书中德·瑞那夫人的高贵气质深深吸引，总觉得"高贵气质"这个词怎么能随随便便拿来就用。顺便说一句，对小说中的于连，我也颇有惺惺相惜之感。幻觉中居然觉得自己身上有点于连的影子，只是哪里找得到德·瑞那夫人？

戴国庆还说季小乔身上有种"大家闺秀"的味道，我更不敢苟同，甚至有些肉麻了。在那个灰暗、封闭的时代，尤其身处引车卖浆者流的社会底层，哪里找得出什么高贵独特的大家闺秀来呢。非得说，"小家碧玉"倒可以挨点边。

固然与厂里其他妹子相比，季小乔确实有些不同。且单纯比好看，季小乔比不过吴桂香。但吴桂香的父亲是个拖板车的，一天到晚酒醉迷糊，明明女儿是冬天生的，要取名字也只能取梅香才是。而季小乔的父亲算得上是个文人，给女儿取的名字有出处，家教亦不错，举止言谈比吴桂香斯文多了。个子也小巧苗条，瓜子脸，笑起来真有几分妩媚。就是同一次文艺汇演上，季小乔在京剧革命样板戏《红灯记》的片段里，还扮演过李铁梅，瘦瘦小小的她咬牙切齿，将"仇恨入心要发芽"唱得声情并茂，一条假辫子几乎被她扯断，真心不错。这在那时候的街道厂子里，毕竟算得上凤毛麟角了。

我跟季小乔算很熟的了。我们住同一条巷子，又在同一个车工班，上班时路过我家门口，她经常喊我做伴。尤其翻三班时，半夜上班清晨下班，几乎天天一起，关系不是一般的好。但彼此从来没有过那种特殊的、微妙的感觉。不过这样一来，相处反倒更加自然和坦荡了。倒是如今，偶尔回想起年轻时候的那段时光，尤其春季四五月间的清晨，天色微明，我与季小乔下三班结伴回家，满街满巷扑鼻的槐树花香，季小乔边走边唱《莫斯科郊外的晚上》，我一路上吹口哨伴奏，心里头反而生出一丝丝怅然。

戴国庆是个聪明人，对我与季小乔的关系心里有数，丝毫不担心我会横刀夺爱，再者在这方面我也绝非他的对手。相反，还打算找我替他牵线搭桥。开初我还有几分诧异，对戴国庆说，你早就是情场老手了，还用得上我帮忙？戴国庆却说，这次不同，我是动了真心。还说，季小乔跟那些在社会上玩的妹子不同，所以不能轻易出手，更不能死缠烂打。出手就得一招制胜。

我想这也有道理，社会上的那些妹子容易上手得多。至于他是不是真心，依他以前的做派，尤其是对赛玉妹子的态度，我有点怀疑。不过也没表露，因为真不真心毕竟与我无关，季小乔又不是我亲妹妹。我还问戴国庆，想出什么招数没有。他说还没有，过些天再说。

我觉得戴国庆这回谨慎点也好。虽然凭直觉认为季小乔不会拒绝他。戴国庆在厂里一班年轻人中间，可算首屈一指的佼佼者，要才有才要貌有貌。但不怕一万就怕万一，尤其谈恋爱，谁也不是谁肚子里的蛔虫啊。

那时候我才十八九岁，在恋爱方面空怀些许理论，却几无实战经验。虽则也有过一段比友谊多一点，比爱情少一点的故事，也有几分浪漫，但是单纯得很，不曾动过任何歪心思，算不得数的。所以对戴国庆如何追求季小乔，抱有极大的好奇心，并且乐见其成。

可惜后来发现，其时企图追求季小乔者不乏其人。戴国庆非但未能一招制胜，接连几招似乎也不太管用，用的也是些老套路。无非隔岸观火、欲擒故纵、声东击西、假痴不癫，诸如此类。季小乔非但不在意，反而对另外一个青工比较热乎，尤其还当着戴国庆的面。作为旁观者的我倒看出来季小乔的心计，不免暗笑。戴国庆却有些急了，终于想出一招苦肉计，打算背水一战。开头两天在车间里一反常态，作深深的忧郁状，并故意回避季小乔，却又要让她看到。继而突然病了，整整三天没来上班，车间里的人都有些奇怪。

当然是我替他交的病假条，高血压兼心动过速。实则那三天装病期间，戴国庆躲在家里绞尽脑汁，数易其稿，给季小乔写了一封长达三页的情书，并且托我转交。我反诘他，你自己递给她岂不更好？平时胆子那么大。戴国庆沉默片刻说，我有点不敢。说罢，难为情地笑了。我当即捏住他的短处，说你给我看，我才跟你转。他犹豫半天，不得不给我看了。

我居然成了这封情书的第一读者。读完之后终于相信，戴国庆是真心实意爱上了季小乔。那封情书的内容我早已忘得干干净净，但结尾却记得很清楚：

如果你拒绝，请将原信退还给我。不必解释任何原因。

我一直不知道，这句话到底是不是戴国庆的原创。但总之，此信的结尾颇具冲击力，更兼有一种视死如归的悲壮感。我由衷地替他捏了把汗。说，下这样毫无退路的险棋，恐怕不行吧？戴国庆却说，置之死地而后生吧，但愿她不会拒绝。我怀揣戴国庆托付的崇高使命，打算伺机而动。机会很快来了。

第二天，我跟季小乔一起下班。天下着不大不小的雨，我没带伞。季小乔要我跟她共伞回家，我二话没说，钻到她的伞底下。一路上说了些不咸不淡的话。

快到家时，季小乔忽然故意轻描淡写地问道，戴国庆怎么啦，平时身体蛮好的啊。这下正中我的下怀。我说，还不是因为你啊。季小乔的脸骤然红了，说，莫乱讲啊，跟我有什么关系？我暗忖，季小乔入彀了。表面上却淡淡一笑，掏出那封由戴国庆折成鸽子形状的情书，递给了季小乔。说，记得买双皮鞋给我穿啊！

说罢,我冒雨快步朝前走去,又回头看了她一眼。季小乔撑着伞,怔在了雨中。

就这样,戴国庆跟季小乔后来剪不断、理还乱的命运,他们大半辈子共同遭际的喜怒哀乐,在那个黄昏,一场不大不小的雨中,因了那封信完全注定了。

可是有谁又能够预测将来呢?毕竟在当时,戴国庆跟季小乔是厂里的年轻人不无羡慕,甚至不无嫉妒的一对呵。

并且不可否认的是,戴国庆给我的影响实在太大,我甚至将他当成了自己的榜样。而戴国庆写给季小乔那封信,尤其信的结尾,更对我产生了强烈的、直接的刺激。我想起了水泵厂的婷婷妹子。且再次自作多情地想起我与她不辞而别后,她会有多么的失落。纠结再三,终于打熬不住,暗自将戴国庆的伎俩如法炮制一番,偷偷给婷婷妹子写了一封信,打的当然也是悲情牌。印象中还大谈了一通《红与黑》,且将自己与于连好有一比,当然还不至于蠢到将婷婷妹子比作德·瑞那夫人。结尾更是一字未改:如果你拒绝,请将原信退还给我。不必解释任何原因。

写完后生怕自己反悔,三步并两步跑到南门口邮局,将信塞入邮筒,径寄长沙水泵厂五车间。不争气的是,信塞进邮筒后,果然后悔了。暗恨覆水难收,却只能听天由命了。在极度焦灼中煎熬了大约一个礼拜后,我收到了婷婷妹子的回信。她尊重了我的嘱托,里头未着一字,仅将原信退还,没有解释任何原因。

整整一天,我不愿与任何人讲话,像变了一个人。季小乔比别人敏感,将我拖到车间角落,直截了当地说,怎么啦,失恋了?我说,关你什么事?季小乔撇了一下嘴说,莫想不开啊。说罢转身,却又回头说道,晚上到我家里来,我炒两样菜,要戴国庆陪你喝两杯。

那天晚上我大醉了一场。

多年以后回想此事,当然早无什么伤感,只是有些啼笑皆非。并且觉得自己年轻时候的幼稚与愚笨,跟后来的老于世故相比,反而显得有几分难得的可爱与可贵。

哦,忘了说,戴国庆与季小乔的孙女,如今都上小学了。

我的师傅

莫应勋急中生智,一把取下棉帽,将剩余的十几砣红烧肉悉数倾入帽中,再往脑壳上一扣,摁紧。整套动作如行云流水,极为麻利。旋即起立双腿一并,迸出个饱嗝。继而大呼:报告干部,吃完了!

倒脱靴故事

十八岁那年进城南机械厂做车工学徒,师傅姓莫,叫莫应勋。依工厂的惯例,若师从某人,则免呼其姓,径称师傅,以示关系的亲密,与诸如张师傅李师傅之类带姓的叫法有别。但我仅仅当面喊莫应勋作师傅,背地里提及他时,再喊师傅硬是喊不出口,只叫他莫应勋。不料有回被他听见,表面上并未吱声,但明显觉得他有些不快。我当即知道自己不恭,却也懒得补救了,只好听之任之。

何况本来我对他的印象也未必佳。

我跟莫应勋学的是一部英制七呎皮带车床,老掉了牙。铸铁床身上居然还有凸出来的"日本××株式会社制造"的字样。头一天上车床,我很拘束,手足无措地站在旁边看。忽然莫应勋将手一伸,我不知何意。

榔头!他叫了一声。

我连忙从工具箱出翻出一把榔头,递了过去。哪知莫应勋竟然不接,狠狠盯了我一眼。我有点惶然,递也不是,不递也不是。

晓得递榔头不？他又吼了一句,斟个头啊！

我方才大悟。原来递榔头时,木柄捏在自己手上,却将锤头方向朝他。若这样接过,还得他自己掉过去才能使用,确实不便。莫应勋给了我个下马威。此后,无论递榔头还是递扳手,我都是将手柄那头朝他,形成习惯了。

刚开始还想认认真真学点技术,借了别人一本《车工工艺手册》,做了不少笔记,且依葫芦画瓢,手绘了好多张机械图形。但很快发觉,书里头的那套理论根本派不上实际用场,便很快放弃了。

未过好久,厂里又分给莫应勋一个徒弟,叫宋国恩。比我小两岁,老实且憨厚,一副笑眯眯的样子,很逗莫应勋喜欢。我因此也就有个师弟了。说实话,我也喜欢宋国恩。为人毫无心计,且大方,老是递烟给我抽,我却给他抽得少。

宋国恩学技术也比我灵泛得多。在师傅面前更是眼眨眉毛动,反应极快。无须莫应勋开口,他总是恰到好处地递上扳手榔头起子各类工具,让莫应勋做事得心应手。莫应勋满手油污的时候,还替他将烟点燃,递过去让他用嘴角叼着抽。

没过多久,宋国恩的车工技术便超越了我。我也无所谓。

因为很快，我对学技术根本提不起兴趣了。

这样一来，我们师徒三人的关系反而相处得不错，甚至经常在一起喝酒了。当然，这在很大程度上得益于师弟宋国恩。他似乎看出来我与莫应勋之间的些微芥蒂，总是在其中不动声色地缓解、调和，并且多少取得了效果。虽然知道在教技术方面，莫应勋仍然对宋国恩偏心，甚或在教一些关键技术时更是有意无意避开我，我也并不往心里去。因为我已然明白，那些所谓关键技术，有不少即将过时，甚至都已经过时了呢。

譬如说，老式皮带车床根本没有变速箱。若要变速，只能用手去掰皮带，变换塔轮级数，颇费气力。若需车削不同尺径的罗纹，更得拆下车床头部外挂的齿轮架，重新计算齿数进行搭配，再将配好的主动轮、从动轮一个个依次装上。俗称"挂轮"，且有一套计算公式。若在英制车床上车公制罗纹，还得进行换算，更叫人脑壳疼，车削时一不小心还会乱扣。但当时稍大一点的工厂，已经逐渐将英制皮带车床淘汰，换上了 C-618、C-620 之类的新式齿轮变速车床，车削不同罗距的罗纹，扳扳手柄即可，再无须采用原始的办法，先要蹲在地上划粉笔计算。这类"挂轮"技术无论怎么烂熟，亦几无价值可言了。

但莫应勋还是有门当家绝技，即磨车刀。那时候天心阁下的城南路，有十几家街道机械厂，莫应勋素有"城南路上一把刀"的美称。这纯系长期经验积累的手上功夫，诀窍在于对车刀各种角度的微妙把握，以及卷削槽的具体磨法，书本上毕竟只是纸上谈兵，非言传身教不可得。师弟宋国恩可算得其真传。一把车刀可以持续车一百多根钢板肖，才稍有磨损。我磨的车刀虽不及师弟，也可车七八十根左右。其他人磨的车刀呢，顶多不过能车四五十根而已。

在城南路上上下下的街道工厂里，莫应勋的声名委实不小。

平心而论，莫应勋在技术方面之精益求精，对工作之一丝不苟，还是令我钦佩。工具柜里从来整整齐齐，一台老掉牙的车床，下班前也要求我们擦得干干净净。有回下班我有事匆忙，擦完车床后，夹头扳手插在车床夹头上忘了取下。莫应勋一眼看见，冲过来狠劲敲了我一栗壳，大骂道：

你这是想要别个的命啊？

这一下搞得我无地自容。我的疏忽确实具有很大的潜在危险。万一接班的人也掉以轻心开动车床，夹头扳手飞旋出来，完全可能将人砸得非死即伤。

可惜莫应勋因生活方面的种种劣行，尤其是明里暗里的风流勾当给他惹过不少麻烦。蹲三两个月号子是常事，还被劳动教养过，且屡教不改。他特别喜欢对各色女人评头论足，也不管当时我还是个从未作古正经谈过爱的红花伢子。不过话讲回来，我也喜欢听，甚至听得津津有味。

有个大热天气，我跟他一道下班，途经小乐嘉巷。拐弯处迎面走过来一位十八九岁的年轻妹子。体型小巧却显得饱满，穿一套粉色碎花的短衫短裤，走得昂首挺胸的。莫应勋的眼睛当即发直，暗暗撞了我一下。我不解其意。待那妹子走过，他不无艳羡地说，这个妹子，真是一肚子的籽呵，一碰就会生崽。我更不解。他便不屑地说，跟你讲你也不懂。看那个小肚子就知道呵，紧绷绷的，跟要拍籽的鲤鱼肚子一样！说罢还做了个手势。

这个妹子其实是我的小学同学，姓曾，叫曾美丽。长相也确实"真美丽"，母亲是个湘剧演员。几年后她结婚了，未出一年，果然生了对双胞胎。莫应勋的眼睛还真的有蛮毒。

"文革"时期曾经有个"公安六条"，社会上的"坏分子"尽入彀中。莫应勋便属于规定中的"二十一种人"之"解除劳动教养但改造得不好的分子"。有人为了便于记忆，还特地为二十一种人编了个顺口溜：

地富反坏右，军政警宪特。
劳改释放犯，投机倒把者。
杀关管教逃，反动党团道。

莫应勋虽然按人民内部矛盾处理，但也得时时接受革命群众的监督。所幸他是个七级师傅，技术好，工作也确实认真负责，厂里不得不对他有所借重。在一般情况下，莫应勋的尾巴夹得并不紧，甚或还有些许放肆。

譬如他发明了一个好玩的动作，专门用于戏弄车间里的年轻堂客们，当然这个动作无伤大雅。即有事无事悄悄走到某个堂客们身后，轻轻拍一下她的肩头。待其回头，便同时将食指不动声色一竖，恰好戳中堂客们转过来的脸颊。惹得边上的人放肆大笑，堂客们则面红耳赤，将莫应勋好一顿追打。但莫应勋还是有他的底线，即从不对未结婚的妹子动手动脚。

后来这个动作竟然在其他车间里也流传开来。莫应勋因此遭到政工组长吴正一顿厉声训斥。说他这是地道的流氓行为，影响极其恶劣。且责成他"一个人好好讨论讨论"，深刻反省，若再发现，则要开他一场批斗会。莫应勋只得点头哈腰说，回家后一定跟自己好好讨论，好好讨论！

吴正是个四十出头的堂客们，干瘦，长一副瓦刀脸，被厂里的人戏称为"政委"。这个绰号还是有出处的，大家耳熟能详的《平原游击队》里的政委就叫吴正。但她丝毫不曾觉得这是挖苦她，反而觉得很受用。她原本是个地道的文盲，大跃进时仅在扫盲班识了几个字。因出身为城市贫民，小时候在资本家屋里做过丫头，所谓苦大仇深，根红苗正，"文革"时期顺理成章，当了厂里的政工组长。学了满口"文革"腔，却不解其意，屡屡闹出些笑话。批斗会上最喜欢指着被斗对象的鼻子骂，你狗胆包天，竟敢将广大革命群众当丫头（阿斗）！

我们师徒三人喝酒，多半是在莫应勋家里，酒菜当然由我与师弟自备，他堂客只管炒菜。那时莫应勋早已结婚，堂客是个益阳人，因为长得丑，所以老实。尤其那双眼睛，细成一条缝倒在其次，还总是眼屎粑粑的，老是一副没睡醒的样子。莫应勋想打就打想骂就骂，简直是他的下饭菜。不过骂得虽凶，下手倒还不算重，鼻青脸肿常见，但从未伤筋动骨。

益阳堂客替莫应勋生了两个崽，一个十岁出头，另一个七八岁的样子。大崽长得像娘，也是眼屎坷垃，洗都洗不干净，细崽则长得像莫应勋，眼神溜溜转，一副灵泛相，但均极其顽劣。莫应勋对他们也惯肆，从不施以任何管教。有一次在他家喝酒，我将烟头扔在地上未踩灭，老大两步窜过来，捡起烟屁股便唆，居然还像模像样地从鼻孔里往外冒烟。老二吵着要哥哥给他唆，老大不让。莫应勋见状，起身顺手给老大一筷脑壳，说，你也给弟弟唆两口嚏，只晓得呷独食！

莫应勋还会唱样板戏。最擅长的是唱老生，京剧《智取威虎山》里少剑波的戏可以唱全本。那年头举国上下时兴学唱样板戏，厂里找不到合适的人教，只好去找莫应勋。莫应勋受宠若惊，说他是二十一种人，哪里有资格教革命群众。"政委"却厉声道，这是组织上交给你的政治任务，也是对你的思想改造！莫应勋表面上连连称是，暗地里却不无得意。

于是每周两次,每次一小时,在车间里教唱《智取威虎山》里的"我们是工农子弟兵"。莫应勋唱一句,众人跟着唱一句。教唱者字正腔圆,学唱者荒腔走板。这倒姑且不论,只要一句唱腔稍长,则必定要断成两句,否则众人无法唱完。譬如"解放区人民斗倒地主把身翻"一句,只能如此教唱:

莫唱,解放区人民斗倒——

众人跟唱,解放区人民斗倒——

莫唱,地主把身翻——

众人跟唱,地主把身翻——

莫应勋摇头晃脑,众人亦摇头晃脑,浑然不觉如此断句有何不妥。

那时候的街道工厂,师傅当中属于二十一种人的特别多,每个人都有一本说不清道不明的烂账。之所以屈就至此,皆出于种种无奈。且不少人都坐过牢,所以关于坐牢的故事我也听得多,其中不乏耸人听闻的。比如车间里有个摘帽右派兼劳改释放犯,也是七级车工,乃莫应勋的死对头,叫何勇,就讲过他亲眼所见的一件事。上世纪六十年代初过苦日子时他正在劳改,有个犯人实在饿得受不了,不管不顾,弯腰将脑袋探进一口齐腰高的大酱缸里,埋头在大半缸酱渣子里一顿狼吞虎咽。不料刚巧被管教干部看见,此人竟将那犯人双腿抱起,将其倒插入酱缸之中,且一边大骂,老子叫你吃个饱!

结果那个犯人被一大缸浓酽的酱渣子活活闷死。当然，那管教干部后来亦因此事被判了无期徒刑。

故事讲完，何勇还反问我，你晓得那个被闷死的犯人是什么人不？我说我怎么知道？何勇说，那个人是历史反革命，解放前做过《中央日报》驻伦敦的特派记者啊，英文讲得几好，还教过我好多句呢。

但何勇讲的大多是这类听了使人难受的故事，我不太喜欢听。虽说何勇性情耿介，不似莫应勋油滑，从内心说我与他更容易接近。但若听坐牢的故事，莫应勋却讲得开心，善于苦中取乐。比如他讲号子里犯人分饭，便令人捧腹。

有次莫应勋因聚众赌博被关到看守所，每到开饭时得分饭吃。即两个人一蒸钵，由几个关在一起的赌博佬自己分。这便很难办了。哪个来分，哪个先选，分得匀不匀，都是问题。但这帮赌博佬很快就找到了一种最佳方案。即，分饭采用轮流制，每餐一轮。若该餐由甲分，则乙先选，反之亦然。这样一来公平合理，确实可免去不少纷争。

莫应勋呢，却基于赌徒心理，更想出来一个别出心裁的绝招。即由他分饭时，先用手稳稳握住蒸钵，当着对方的面细细比画一番，再一筷子斜划下去，这一斜划大有讲究，外表看去一边一半不差毫厘，里头却成了四十五度夹角——某一边的饭便几乎多出三分之一了。莫应勋从容不迫地让对方看过仔细后，猛然间却将手中的饭钵连转十数圈，再朝空中一抛。那只饭钵在空中又悠悠然转了几转，待快要落地时，莫应勋再顺手接住，颇为大气地将饭钵朝对方一递，说：

选哪边？

对方先是眼睁睁看了个明明白白，继而猝不及防，被那钵饭转得眼花缭乱。待从半空妥妥落入莫应勋手中之后，表面看去楚河汉界分明，却哪里还分得出里面的蹊跷？只恨自己没长一双透视眼。权衡再三之后，也终究只能闭目胡乱一指：

要咯边！

于是，这二选一居然又成了一场众人围观的赌博。选中者乐不可支，选错者垂头丧气。但此乃比命，愿赌服输。公平得很，也刺激得很。总之饱亦罢，饿亦罢，天天如是，牢里的日子似乎都变快了。

莫应勋色胆也大，竟然与住贴隔壁的胡堂客暗通款曲，直至上床。先是被自己堂客透过板壁缝觑见，两个人在床上赤身裸体滚做一团，将蚊帐都压垮了。堂客终于忍无可忍，一气之下抛夫弃子回了益阳老家。岂不料如此一来正中莫应勋的下怀，跟胡堂客的往来便更加肆无忌惮，几至半公开状态。

胡堂客原本在长沙锅炉厂做出纳，老公则替厂里跑供销，长期在外地出差。但巷子里的风言风语哪里听不见，只恨未抓到现场，回家便捉了胡堂客一顿痛打。莫应勋在隔壁听见胡堂客大呼救命，一时间怒从心头起，恶向胆边生，顺手从厨房里抄了一把火钳，冲进胡堂客家里，劈头朝她老公砍去。且大骂，打堂客们算什么狠？你有狠来打我啊！

结果胡堂客的老公头上被缝了八针。莫应勋赔了一笔医疗费及精神损失费不算，又蹲了半年号子。但莫应勋一脸的无所谓。说，老子这一世人，反正只能做烂船子划哒，怕卵！

回来才得知，胡堂客的老公逼她离了婚。两人唯有的一个女儿，八岁，叫兰兰妹子，很乖巧，极逗人喜欢。胡堂客要，她老公也要。胡堂客说，你不同意兰兰归我，我就不签字。她老公只好答应了，独自一人搬了出去。

此后，莫应勋便跟胡堂客两个人基本上同居了。巷子里的人也睁只眼闭只眼，很少议论了，都晓得莫应勋那把火钳的厉害。莫应勋仍照常上班。刚巧那时候厂里有新产品急着上马，仍得倚重莫应勋这类技术好的师傅，无非再遭吴正的一顿训斥而已，也未再将他做什么不得了的处理。

于是得空，由师弟宋国恩负责递烟点烟，莫应勋又绘声绘色跟我们讲起此番蹲号子的故事来，反正多半与吃有关。

牢里头没有天大的事，唯有吃事大于天。何谓坐饿牢，或曰饿牢鬼，何勇讲的犯人偷吃酱渣子致死的故事叫人心寒，莫应勋于此亦有至深的感受。但凡事亦有例外——撑得太饱也他妈的同样难受啊，吴应勋说。

进号子两三个月后，春节即将来临。一日，有管教通知他，有人来探监。莫应勋颇觉意外，猜不出前来探监的到底是什么人。自己的益阳堂客虽未离婚，却已弃他而去，家里还有个姐姐，亦早就断了来往。被管教带到接待室一看，莫应勋吃了一惊。原来是胡堂客，带了她的女儿兰兰，还有他自己的两个崽来看他了。

他们来不来倒无所谓，莫应勋却满不在乎地说。关键是胡堂客给他带来"满满一洋瓷把缸的红烧肉"。这一下，莫应勋的眼睛几乎放出绿光来。也不记得跟胡堂客讲了些什么话。无非叫她放心，还坐个两个月号子便可以回家了，诸如此类无关痛痒的话，心心念念只惦着那缸子红烧肉。胡堂客便有些不快，本来打算告诉他自己已经离婚，但话到嘴边又不说了。东一句西一句说了些别的事，不觉探视时间到了，便带着三个伢妹子走了。

人一走，莫应勋便开始迫不及待吃肉了。那时看守所有个规矩，即外人探监送来吃的，只能在接待室吃完，绝不许带回号子里去。莫应勋先是不以为然，觉得再来一把缸也吃得完，哪里还会有剩？

那真是"阳世上最好吃的一缸子红烧肉啊"，忆及此处，莫应勋仍回味无穷，"绝对的五花三层，落口消融"。莫应勋一边大啖，一边终于想出胡堂客的百般好处、千般妙处来。那管教干部呢，先是不屑地看着莫应勋那副"饿牢鬼"的吃相，继而觉得无聊，遂将双脚搁在办公桌上，看起报纸来。

但问题接着来了。一洋瓷缸红烧肉吃至大半时，莫应勋便开始打饱嗝了。原本好几个月里，肚子仅有点清汤寡水，一旦猛然灌入过多既肥且腻的红烧肉，竟有些消受不了。但莫应勋哪里舍得？管他娘的，只顾朝嘴巴里硬塞。待到缸子里还剩下十数余砣，终于再也咽不下去，还差点反胃。只能眼睁睁看着，再也奈它不何。这便如何是好？

其时正是天寒地冻时节，莫应勋光脑壳戴了顶牢里发的大棉帽子。瞟一眼管教干部，正被一张报纸遮去大半脸面。莫应勋急中生智，一把取下棉帽，将剩余的十几砣红烧肉悉数倾入帽中，再往脑壳上一扣，摁紧。整套动作如行云流水，极为麻利。旋即起立双腿一并，迸出个饱嗝。继而大呼：

报告干部，吃完了！

那干部搁下报纸，满脸狐疑：

这样大一缸子，吃完了？

吃完了！莫应勋又打了个饱嗝。

硬是吃不完，那干部将手一挥，带回号子里去算了！

莫应勋帽子里的光脑壳正暗暗发痒，担心残留的汤汁会不会爬出额际，遭管教发现，那还得了。听此一说，简直欲哭无泪，只是不敢顿足。真是早知如此，何必当初啊！

听罢这个故事,我跟宋国恩笑得直不起腰来。

虽有三年才能出师一说,可未及两年,我与宋国恩便先后离开莫应勋,独立上车床操作了。但学徒工资却拿了三年。头一年每月十八块,第二年每月二十,第三年每月二十二。出师后每月才加到二十七块五,拿一级车工的工资。但至少可多喝两回酒,多抽几包烟了。还有,与莫应勋的交道自然也少多了。

不料没几年过去,莫应勋又惹出了大麻烦。

应该是个夏天气的礼拜六吧,我跟宋国恩同做一个晚班。到凌晨一点多钟,我摊两张报纸放在车间外头的马路边上,刚刚躺下打算睡它一觉。却忽然看见对面天心阁的麻石台阶上,踉踉跄跄走下一个人来,手里还提了只酒瓶。边走边呼天抢地,老子对不起胡美仙啊!

远远看去,这身影被拖得老长的醉醺醺的人,不是莫应勋吗?我赶忙起身把宋国恩唤了出来。但见莫应勋走至马路中间,砰的一声将酒瓶摔得粉碎。看见我俩走近,便断喝:莫管老子,莫管老子!说罢,转身又踉了回去。

隔了个把时辰,我与宋国恩越想越不对劲。虽说莫应勋喝醉酒满嘴胡话乃常有之事,但这回似乎颇为反常,还是去他家看看究竟为好。说走便走,反正不远,两人当即朝莫应勋家奔去。一路上我问宋国恩,胡美仙不就是胡堂客吗?莫应勋怎么忽然说对不起她了?宋国恩说是啊,胡堂客挪用公款刚判了三年徒刑,正在坐牢啊。

其实胡堂客挪用的公款,至少有一半是花在了莫应勋的身上。这些事情,厂里的人及巷子里的人早就有所猜测。但在公安局过堂时胡堂客死不承认,说与莫应勋毫不相干,都花在自己跟女儿身上了。其时,兰兰妹子倒确实生了场大病,也花去不少钱。但无论如何,一个单身女人对此事一肩挑的硬扎做派,倒令不少男人感佩之至,暗地里只恨自己碰不到如此侠义女人。固然也招至不少堂客们刻薄,骂她蠢得作猪叫。

话说间,我俩穿过天心阁,拐弯至小高码头、县正街,几步窜进益仁巷,到了莫应勋的家里。一看,把我们吓了个半死。只见昏黄、惨淡的电灯光下,莫应勋打个赤膊,下身一条短裤,斜歪在一把竹躺椅上,双目紧闭,嘴角上白沫直流。再看桌上,满满一大堆被刮去磷头的火柴棍子,还有五六个空火柴盒,半瓶残酒。又见一张写了几行字的白纸条。拿来一看,竟然是一封写给胡堂客胡美仙的遗书。

这才晓得,莫应勋竟然闯了个滔天大祸。

就在头天傍晚,莫应勋下班后带着自己的两个崽和兰兰妹子,到西湖桥的砂石码头去学游泳。自从胡堂客判刑后,莫应勋便一直将兰兰妹子带在身边,视同己出,当然也是胡堂客的嘱托。谁料莫应勋刚刚转身未有片刻,兰兰妹子忽然就不见了,如同鬼使神差。直到几个钟头后,打捞者在下游数百米处发现了一具女孩的尸体，正是兰兰妹子。

莫应勋当即哭得捶胸顿足，却已悔之晚矣。

可怜胡堂客其时正远在郴州服刑，尚浑然不知噩耗。莫应勋纵有一百个胆子，也不敢向胡堂客交差。只好留下一封遗书，服毒自杀，企图以死了之。

我跟宋国恩再没讲二话，当即将那张竹躺椅当作担架，抬起莫应勋，跌跌撞撞朝坐落在东茅街上的人民医院一路奔去。宋国恩抬的前头，我抬的后头，于昏暗夜色中踉跄而行。刚开始还看见莫应勋两只悬垂在半空的手，随着节奏无意识地晃来晃去，不料走着走着，突然间却见那双手悄悄一抬，成交叉状搁到肚子上去了，吓得我汗毛一竖。这种姿势固然舒适些许，但已然中毒昏死过去的莫应勋，怎么竟有如此清醒意识？

不过也无暇细想。只顾与宋国恩将莫应勋抬进了医院的急诊室，两人气喘吁吁，大汗淋漓如同从水里捞出来的一般。所幸急诊室的女医生长得还有几分姿色，一时间竟让我忘了疲劳。我一把拨开宋国恩，抢在前头回答问题。

那女医生问，服的什么毒？

我说，刮火柴棍棍！

女医生又问，刮了多少？

我说，刮了五六盒，一大堆！

不料那女医生听了微微一笑，说，哦。刮十盒吃也毒不死人。

这个回答令我与宋国恩颇为沮丧。我说，他这副样子，到底要不要紧？女医生用一支小手电照了照莫应勋的瞳孔，又一笑，说，他这主要是喝醉了，洗洗胃就好了。说罢要一小护士准备好器具，打算撑开莫应勋的嘴巴，将一根管子插将进去。不料莫应勋咬紧牙关，死活也不张口。那女医生再笑了，说，看来他心里多少还是明白。不洗也罢，吃两片泻药，回家睡一两天就好了。我当即想起路上莫应勋忽然抬手，吓我一跳的细节，不禁恍然大悟。搞了半天，莫应勋原来使的是一出苦肉计啊。

我与宋国恩除了啼笑皆非之外，哪里好意思戳穿莫应勋的这般把戏？且如同铁桶一般替他隐瞒了真相，毕竟他是我俩的师傅啊。

自然而然，莫应勋为了胡堂客服毒自杀之事如风一般传开，一时间城南路上上下下县正街里里外外，几乎尽人皆知。且有人感叹，别看莫应勋平时老不正经，关键时候还是敢以死赔罪，算个男人。

但莫应勋从此变得委顿不堪了。且时不时坐在车床边上发呆，一副魂不守舍的样子，做事也常常丢三落四，甚至出了好几次质量事故。这是先前绝不可能发生的事情。尤其有一回，我接他的班，忽然看见那把夹头扳手插在车床夹头上，很显然，他忘记取下了。

那一瞬间我不禁悲从中来。心想，我的师傅彻底垮了。这是我第一次从心底里冒出"我的师傅"几个字眼来。我仍然清清楚楚记得,当年因为自己下班前未曾取下夹头扳手,遭他大声呵斥,且狠狠敲了我一栗壳的情景。

我的师傅莫应勋,唯一令我佩服且所不能及的可取之处,亦不复存在了。

郑志良与他的岳父

有人认出来,打上门去的人是叶梦威女儿的男友。当然背后有性格一贯叛逆的小叶的支持。但即便如此,我觉得郑志良还多少算有点胆量。为了得到自己心爱的女人,竟敢不怕鱼死网破。且此招看来还蛮有效果,既然木已成舟,叶梦威万般无奈,不得不认了这个女婿。

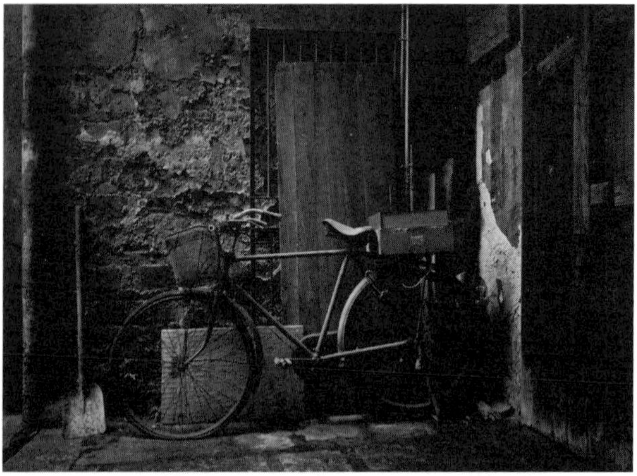

上世纪七八十年代,倒脱靴里的年轻人没有一个混得好的,当然包括我自己。这固然有所谓被"文革"耽误了的"客观原因",但"主观原因"(这是两个颇具时代特色的常用词),却是自己没有本事,也是无奈的事实,哪里有资格奢谈志向。能进个好一点的单位,享受劳保福利,看病有记账单,便万事大吉了。

记得斜对门四号的姚大正,父亲是长沙城里的名老中医,曾经替省长程潜看过病。不知通过什么关系,知青回城后被召进了长沙锅炉厂当电焊工。那天从厂里报到回家,一套崭新的蓝咔叽布工作服,一双棕色的翻毛工作皮鞋,加一副志得意满的嘴脸,羡煞了巷子里的待业青年。

姚大正原本倒算得上有志向的人,从小就想唱戏。他父亲带他去戏园子去得多,来回还有人力车接送。小时候的举止形态有点像妹子,难怪最喜欢的是女人戏,所谓花旦、青衣之类。

我们背后都叫他假妹子。姚大正许过我们的愿，说将来他如果当了名角，保证送戏票给我们，全部坐头排厅中。可惜天生一副嘶喉咙，且年纪越大喉咙越嘶，当名角的志向终成泡影，彻底断了我们看戏不要钱的念想。

不过硬要在矮子里头挑高子，倒脱靴十二号的郑志良还是算得上一个。他是巷子里最早具有市场经济头脑的人。尽管早年曾经因所谓投机倒把罪被劳教了几年，但上世纪八十年代初开始改革开放，立马故伎重演，迅速捕捉商机，成了倒脱靴最早富裕起来的人。

郑志良比我大三四岁的样子，在巷子里跟邻居素无来往。也许在他眼中，周围的人都是些庸碌之辈吧。但最初我也未必看得起他，无非会做点生意，赚了几个钱而已。你走你的独木桥，我走我的独木桥，都是一介草民，哪里有什么"阳光道"可言。

固然也有些许酸葡萄心理。

据我的印象，郑志良是从倒腾蓝咔叽布短球裤、白色弹力背心开始。这是七十年代前后，每个夏季里长沙年轻满哥的标配。长沙的夏天漫长而炎热，每个满哥需两三套换洗。弹力背心紧紧箍在身上，配一条短球裤，蓝白搭配，全方位凸显已然发育成熟的少男身体，确有几分阳刚之美。阳光下的弹力背心尤其白得耀眼。后来跟郑志良混熟了，听他扯生意经时告诉我，那是用了荧光增白剂的缘故，这是我头回听说这种化学玩意。

郑志良舍得呷苦。这种球裤与背心的产地远在广东，每隔十天半月便要去进趟货。郑志良火车上硬座去硬座回，没有座票宁愿把脚站肿，也舍不得买张卧铺。进货回来后，每天清早将一部三轮车踩出巷子，上头装一只大纸箱一张行军床，东西南北满城游走。若选中地方，便将行军床架稳，从纸箱里取出球裤背心，不同尺寸依次摊开，开始叫卖。幸而那时候尚未有城管一说，不必担心被其驱赶。

但如此这般做下去，生意虽好人却辛苦，赚钱亦毕竟有限。郑志良当然不是那种只晓得呷苦的人，明白老这样折腾等于原地转圈圈，发不了大财，便在樊西巷租了个小门面，开始搞服装批发。继而又在南门口的东南角，即城南路与劳动路的拐角处开了家皮鞋店，起名为"迷你角"，生意一下子火了。

上世纪八十年代长沙的时髦男女，没有在"迷你角"买过一两双皮鞋的恐怕少有。郑志良进货之迅速、眼光之精准，令同行望尘莫及。且只进上海货，不进广州货。甚至刚刚在上海流行的款式，不到一周便出现在"迷你角"的柜台里。有谁打算买双上海新款皮鞋，"迷你角"必定为首选之地，且一度火爆至预订的地步。

我也问过郑志良，"迷你角"生意如此之好，到底还有什么诀窍。郑志良却淡淡一笑说，东南角，风水好而已。此说当时不信，后来却不得不信了。最具说服力的乃是长沙市规模最大的商厦，即五一广场东南角的平和堂。生意从上世纪九十年代末开张一直好到现在，而西北角的万代商业广场呢，跟平和堂先后开张，规模亦相差无几，其境况却一直了无起色，且数度官司缠身。这是题外话了。

有了原始积累之后，郑志良凭借早年在街道机械厂学就的一手钳工技术，又在东屯渡开了家模具厂，赚了更多的钱。

郑志良富裕起来的第一件事，便是重新翻盖自家的房子。倒脱靴巷子虽短，但进去不远还有条横巷子岔进去，郑志良家在最里头，独门独院。郑的父亲不苟言笑，母亲却和蔼可亲，都是在民国时期读过大学的人。

也真是巧合。郑志良大兴土木之时，我亦打算将家里两间旧房的烂地板撬掉，填土做成水泥地面，正愁到哪里去取土。因"文革"初期抄家，红卫兵将地板撬了个底朝天，搜查下面是否藏得有金银细软或者敌特电台，当然一无所获。小修小补十几年过去，烂地板终于要全方位坍塌了，有天晚上，险些连床铺都陷了下去。便想，两家相距不过数十米，如果将郑家挖地基的土，通通直接运至我家，用来填埋屋内拆去地板形成的大坑，一就两便，互惠互利，岂不大妙。主意既定，遂抹下面子去找郑志良打商量。

此等好事他哪有回绝之理，于是一拍即合，双方当即达成此项事后被戏称为教科书式的合作模式。自然而然，便跟郑志良熟了。

房子盖好后,我到郑志良家里去看过。两层楼,卧室里贴了墙纸,卫生间还装了抽水马桶,这在当时算很超前的了,竟然还有间单独的书房。院子虽不大,却在当中砌了个有假山的鱼池,边上则种了棵碗口粗细的桂花树。

那时郑志良结婚已好几年了,堂客叫张美欣,儿子大约四五岁吧。张美欣长得漂亮,身材尤其好,有种古典美。且是个热心快肠的人,喜欢帮别人的忙,在巷子里人缘不错。不像郑志良,几乎不跟人来往。

但除开赚钱,郑志良还可算个注重精神世界的人。记得"文革"刚结束后的七七年、七八年,国内几家著名的出版社便开始大量重印世界名著。所谓久旱逢甘露,开始远远不能满足读者的渴求。往往一大早,黄兴南路新华书店尚未开门,外头的购书者便排成了长龙。我几次在队伍中看见过他,彼此不打招呼,一味装作不认识。却见他每次不问青红皂白,将所有上架的新书统统买它一套,包括但丁的《神曲》、歌德的《浮士德》什么的,管他懂不懂。还有整套《莎士比亚全集》(人文社朱生豪译本,计十一册,其时我可望而不可及也),在书店里算是大出风头。用如今的话讲,乃一副地道的土豪嘴脸,令我颇为不屑,当然心里亦暗藏了几分无奈的妒忌。

但又有谁能预知,郑志良几番购回的大量世界名著,其中却悄然埋下了使其命运产生巨大改变的小小诱因呢——这是戏说。

不知道郑志良什么时候跟张美欣离的婚。至于原因,外人也只能猜测。郑志良由此付出的代价应该不菲,张美欣带着小孩离开倒脱靴另过了。继而,巷子里经常可见一个年轻妹子在郑志良家进出,看上去要比他小十几岁。背后固然免不了有几个堂客们指指点点。

我亦难能免俗,暗自将那个妹子与张美欣比较了一番。若从瓜子脸、大眼睛加樱桃小嘴的传统审美角度来看,那个妹子远不如张美欣漂亮。但那个妹子身上散发出一种逼人的青春气息,强烈并且张扬,则是张美欣所不能及,难得用标准的美或者不美加以评价的。

不久,郑志良跟那个妹子结婚了,此乃水到渠成,不足为奇。令人吃惊的是,未出两年,郑志良竟然走上了一条"阳光道",与他年轻的堂客去香港了,摇身一变,成了我们眼中的港澳同胞,还在香港生下一个女儿。据说他的岳父姓叶,是个非同寻常的传奇人物,已于早几年离开内地,在香港定居了。

于是郑志良开始经常往返于长沙与香港之间。因为长沙还有生意要打点,香港妻小亦需照顾,而堂客小叶呢,则很少回长沙,回倒脱靴了。

与郑志良更加熟络起来,也算凑巧。有一回他从香港回长,彼此在巷口匆匆碰见,刚点头擦身而过,郑志良却突然转身叫我,说，你是不是写过小说啊？我有点诧异，说，偶尔写一点，你看过？郑志良说，看过两篇，我猜是你，想跟你请教啊。我客气了几句，没想到他当即约我晚上去他家喝酒，谈文学。那年头，谈文学还真是桩美好的事情，何况还有酒喝，我满口答应了。

又想，还可以听他讲讲香港见闻啊。

那晚，郑志良认认真真炒了几个菜，其中一个爆炒田鸡至今印象犹深。先走大油（一般人家哪舍得如此出手），将田鸡炸至半焦，捞出后将油滗净，再投入紫苏大蒜青椒等佐料，三下五除二，猛火翻炒出锅。顺便说一句，郑志良乃巷子里第一个用煤气灶的人，其灶火力之大，远非大多人家的藕煤炉子所能企及。厨房里竟然有两个煤气罐，用一罐备一罐。

我跟他喝了大半瓶剑南春，文学也谈得渐入佳境，郑志良遂起身拿了两篇散文给我看，写香港普通人的生活，内容却记不清了。后来我将其推荐到《湘江文艺》，编辑觉得题材还新鲜，两三千字也不长，结果发表了，这是郑志良的处女作。

郑志良从此信心大增，义无反顾地开始了他的业余写作生涯。

那天我头一回细细参观了郑志良的书房。放在如今固然不值一提，但在上世纪八十年代可算颇具规模了。一面墙整整三个书架，估计有一两千册书。而我呢，顶多不过一两百本吧。当然，书桌上的日本三洋双卡录音机，以及大量邓丽君及其他香港歌星的磁带，也叫人羡慕得紧。

郑志良还送给我一盒邓丽君的原版磁带。且主动问我要不要买录音机,他可以从香港替我带一台回来。又说他替朋友某某带过一台东芝牌的双卡录音机,某某手头紧,郑志良便建议他将录音机摆在南门口,替人翻录邓丽君的磁带,也能赚几个钱。果然,那人赚回了两台录音机的钱。郑志良却说,某某的本事也就会赚点零碎钱而已。

我不得不佩服郑志良的生意头脑,可惜当时我没有余钱。不过即便有钱买回一台,也断乎不敢用来做翻录邓丽君的生意,哪怕零碎钱也不敢赚。用句长沙老话讲,不是呷菜的虫。

是夜,两人相饮甚欢。酒酣耳热之际,我也问及他用了什么手段,将小他十几岁的小叶勾搭上手的。

谈文学啊,郑志良哈哈大笑了。

我也哈哈大笑起来。

郑志良是在一个朋友家的私人聚会上认识小叶的,两人凑巧坐在一起。郑志良喝酒豪爽,但举止得体。个子虽然不高,却自有几分中年成熟男性的魅力。小叶估计也就二十出头吧,既显得开放,又显得单纯。两人并肩而坐,形成一个妙不可言的反差。

又不知怎么一来,彼此发现对方都喜欢看小说。郑志良问小叶喜欢看什么小说,小叶张口便说,琼瑶啊,琼瑶的小说几好看。还说看哭了好几回。郑志良显然表示不屑,立马高屋建瓴,开始循循善诱。总之是要她少看流行小说,无非赚人几滴廉价的眼泪。要多读世界名著,如此这般才能真正提高文学修养以及人的品位。小叶天真,当即求教。郑志良便跟她大谈《红与黑》与《安娜·卡列尼娜》,还顺便谈到了《包法利夫人》与《茶花女》。

谈着谈着小叶不觉入彀,遂向郑志良借书。于是你借我还一来二往,自然而然生米便煮成了熟饭。郑志良用那个时代最俗套但最有效的手段,结果了前头一段婚姻,成就了后来一段婚姻,可惜最终还是失去了婚姻。

所以我说,郑志良后来命运的巨大改变,若一环套一环推演,其诱因乃为他最初买回的一大堆世界名著,且以《安娜·卡列尼娜》为首。此话听上去虽不无戏谑,却也不无道理,当然更无所谓对错。

小叶在香港定居数年之后,见了些大世面,加上人还年轻,兼具乃父处世果决、敢于尝试新事物的血脉遗传,一时间混得顺风顺水,终究跟难以真正融入香港社会的郑志良离婚了。何况郑志良大她十几岁,岁月毕竟不饶人啊。

此结局但凡常人都能理解,无可厚非。郑志良也算通达之人,并未表现出明显的失落。两人和平分手,女儿跟了小叶,未生出任何枝节。小叶还给他留下一套小居室。尤其女儿长大后对老爸也很孝顺,还几度带他出国旅游,郑志良因此写出来一本游记，并且自费出版了。

不过郑志良在香港终归还是学了些西式生活，比如AA制之类。后来回长沙，有好心人替他再做介绍，约会时吃饭，郑志良竟然提出要AA制，弄得女方拂袖而去。我便跟郑志良开玩笑，说AA制其实并不新鲜，类如长沙人讲的"牛恋囱"，合伙凑钱吃饭而已。但初次见面便跟女方搞"牛恋囱"，还是不合适。未料郑志良笑了笑说，"牛恋囱"也好，AA制也罢，不过借口而已，实际上是没看中，也暂时没有再找一个的打算。

曾经沧海难为水，可以理解。

又过了几年，郑志良将倒脱靴那套房子出租了。至于本人搬去了哪里，我不知道。因为我比他更早一些离开了倒脱靴。

至此，终于可说一说郑志良的岳父了。

郑志良仅稍稍跟我提及过他岳父的经历，几无任何细节。即他岳父于上世纪五十年代中期，由金门岛武装泅渡至大陆投诚，后经政府安排回老家长沙定居。不久结婚，生了一男一女，女儿即他的堂客小叶。

郑志良所以对岳父的真实经历知之甚少，恐怕与他们之间的关系一直冷淡，甚至无话可说有关。因为当初小叶的父母对女儿与郑志良相好，均持强烈反对的态度，要不然本可小小炫耀一番的。

至于他岳父的全名叫叶梦威,以及关于叶梦威的一些故事，却是多年之后，一位与郑志良本人毫无交集，更不知我与郑志良曾为邻居的锺叔河先生告诉我的。锺先生乃湖南出版界的老前辈，早年命途多舛，却阅人无数，喜欢讲各色人等之种种离奇故事，且大多都是他生平所遇之人。我在出版界混迹多年，跟锺先生住在同一栋楼，与他可称为忘年交吧。

有一回聊天，锺先生说起出版社曾经的同事，在保管室当保管员的叶梦威来，说此人的经历倒蛮有意思。没听几句，我便断定其人为郑志良的岳父无疑。

长沙城真的不大啊。

一九七九年初，锺先生结束了整整十年的牢狱之灾，同年底便进入湖南某家出版社古籍室做编辑。正所谓"一出牢门，便走向世界"，锺先生立即着手主编后来名扬海内外的《走向世界丛书》。而叶梦威呢，仍在年复一年、日复一日地做保管员。有空时便提个篮子，给每层楼的编辑室送送纸笔墨水回形针之类的办公用品。这样一来，锺先生便与他相识了。

叶与锺乃同龄人，但进出版社的时间当然比锺先生早多了。

锺先生说起叶梦威的故事时，我插嘴道，叶梦威五七年弃暗投明，你五七年被打成右派，都是二十六岁，也有意思。锺先生笑了。

叶梦威当年弃暗投明，也算个不大不小的新闻，报纸电台都报道过。叶原本是驻守台湾金门岛的一个国民党士兵，因不满国民党的反动统治,遂枪杀了一个国民党连长,冒着生命危险跳下大海,经一天一夜后,终于游回祖国大陆,受到了党和政府的热烈欢迎,云云。

并且叶梦威仍保存了当时刊登了此则新闻的一张报纸,还拿出来给锺先生看过,黑体大字标题为"击毙伪连长,持械只身泅海投诚"。

叶梦威投奔大陆之后,政府问他有何要求,尽管提出。叶说想回长沙。其实他的真正老家在武冈县,但那里乃穷乡僻壤,回去除却种田,断无其他任何出息。何况他是在长沙读的中学,大陆解放前夕,被时任国民党某部团长的哥哥带着去台湾当兵了。所以此番归来,还是想回长沙。

这个要求政府很容易满足他,还提供了几家单位任他选择。其中包括了一家出版社。叶梦威选出版社的理由倒很简单。他平时喜欢看点书,觉得还是文化单位好。但他无任何专业修为,出版社不可能让他做编辑,政治上呢,更不可能让他当干部。于是安排他到保管室,做了个保管员。叶梦威也很知足了。

这一做,便是二十多年。

开头几年过得平平安安。叶梦威也年轻,才二十几岁,有关部门又给他做了个介绍,还是个长沙妹子,虽然没多少文化,长相倒还不错。你情我愿,两人很快结了婚。出版社在教门园的筒子楼宿舍给他们分了间房子,尽管只能在走道里做饭,但这种特殊照顾也够可以了。锺先生说，多年后他平反，调至出版社当编辑，分的还是这栋楼里的房子，且恰巧与叶梦威在同一层楼，两家还做了几年邻居，这是后话。

若干年过去，"文革"开始了。无可幸免，叶梦威被革命群众揪了出来。其罪名为台湾派遣至大陆的潜伏特务，且使用苦肉计，妄图欺骗党和人民。叶梦威交代来交代去，仍坚持自己确实为弃暗投明，且以"击毙伪连长"之事实为自己辩护。但革命群众哪里信这一套，几番批斗，将叶梦威斗得死去活来，最后在省公安厅的监狱里关了两年。不了了之放出来后，所幸还是让他回出版社当保管员，没有被开除。

那些年的日子实在难熬。尤其堂客对他的态度愈来愈差，动辄摔盘打碗，恶言相向，甚至吵着要离婚。一崽一女其时尚未成人，叶梦威满腹怨尤却无处可诉，简直度日如年。

好歹"文革"十年过去了。叶梦威至少在精神上再无太大的压力，也没有谁将他当作潜伏特务看了，但也无反可平。"文革"当中对他的处置固然失当，却是革命群众的自发行为，组织上并未作出任何正式处分，又何谈平反呢。叶梦威只能自认倒霉，算了。

叶梦威认识了新来的锺叔河，倒是从他那里得到了几分慰藉。锺先生书读得多，见识也深广，加之同为受过苦难的人，叶梦威有空便喜欢去他办公室坐坐，两个人还有话可讲。看见叶梦威的字写得不错，锺先生还请他抄了几部书稿，多少贴补了些家用，叶梦威对锺也愈加信赖，几乎无话不跟他说。连动了想离开大陆的念头，也跟锺先生说过。因"文革"结束后，两岸关系慢慢解冻，叶梦威在台湾的哥哥几经辗转打听到了他的下落，托香港的一位朋友转信至长沙，兄弟两人终于取得了联系。

那时叶梦威的哥哥已经是台湾"国军"的一个军长了。与弟弟取得联系后，便急切地想与之见面。但碍于本人为"国军"高级军官的身份，不可能进入大陆。叶梦威更有命案在身，去台湾等于自投罗网。最后还是托那位朋友安排，鬓角均已染霜的兄弟俩于分别二十多年之后，终于得以在香港见面。

悲欣交集自不待言。

当然必定会提及叶梦威投诚大陆之事。哥哥觉得弟弟当年的行为太过突兀，一直百思不解。于是叶梦威首度向哥哥坦白了一个暗藏二十多年的惊人秘密。这个秘密除了叶梦威的哥哥，讲给第二人听过的只有锺叔河。

这个秘密如今但说无妨了。简言之，即当年叶梦威并非主动弃暗投明，而是情急之中，铤而走险的无奈之举。

此事得从头说起。叶梦威跟随哥哥到达台湾之后，先在军队里的学校完成了中学学业，接着入伍，随连队驻防金门前线。但叶梦威年轻气盛，又有一个当团长的哥哥做后台，便难免有几分骄纵,平时不太把连长放在眼里。那连长却是个狷介之人,并不惧怕什么权势。表面上不动声色,只待有机会收拾他。

机会随厄运居然一起来到。某日,轮到叶梦威半夜两点站岗。

是晚,夜黑风大浪高。叶梦威持枪隐蔽于一块礁石后面的固定哨位,用望远镜朝大陆方向瞭望。周遭树枝摇曳,如幢幢鬼影一般。十数米远处即为悬岩,下面惊涛拍岸,此起彼伏。

孰料未到换岗之际,叶梦威忽然内急。按部队规定,士兵每隔两小时换一轮岗,此段时间务必绝对全神贯注,连小便都在禁止之列,否则将严加惩处。其时两岸关系仍处战时状态,金门前线无时无刻不提防"共军"突袭。叶梦威却有点不以为然,心想,未必撒泡尿,"共军"就摸上来了?遂扯开裤子兀自方便。正在洋洋洒洒之际,忽听身后一声断喝:叶梦威,你在干什么?叶梦威回头一看,竟然是连长查哨来了。

叶梦威大惊失色,裤子尚未提起,但见连长大步走近,顺手就是一记耳光。叶梦威本能用手一挡。连长再一耳光,叶梦威一个趔趄,手指不慎触发冲锋枪的扳机,一梭子子弹迅急射出,从连长胸部横扫而过。连长一声未哼,麻袋般倒在地上。

顿时间,只听见警报声凄厉地鸣响起来,无数探照灯光雪亮划过海面。几乎同时,各个前沿阵地的地堡内机枪声大作,径直朝大海方向扫射。叶梦威完全懵了,顺手抱起一根修工事的木头,不管不顾,从十数米高的悬崖上纵身跃入茫茫大海。

叶梦威后来回忆，子弹在自己前后左右溅出朵朵雪白水花，其声效果然同电影里听到的一模一样。但叶梦威如有神助，竟然毫发未损，终于消失在黑黝黝的大海深处。

此即为叶梦威所谓弃暗投明的真相，堪称三十六计中"瞒天过海"之计的绝妙典范。

叶梦威的哥哥得知弟弟此番遭际，不由得恨爱交加，感慨万分。叶梦威亦流露出某种后悔之意。哥哥却道，你后什么悔？幸亏大陆收留了你，不然你还有什么地方可去？这是你唯一的选择。否则台湾方面以军法论处，你早就没命了！但说归说，他仍然决定尽可能帮助弟弟去香港定居，以使两兄弟更方便见面。

只是此"瞒天过海"之计，后来恐怕连叶梦威的堂客与子女都不晓得，身为外人的女婿郑志良又何曾知晓呢。且就在刚刚办好去香港定居的那段时间里，叶梦威的女儿与郑志良开始恋爱了。而一旦既成事实，郑志良即可以夫妻名义同去香港，此举当然使叶梦威十分震怒。

锺先生还记得某日中午，忽听见宿舍走道里砰砰砰一阵巨响，急忙出门去看究竟。却见一个矮壮男子正猛踢叶梦威家的房门，竟然将门都踢烂。幸而当时叶家无人，否则不知还会酿出何等事端。

有人认出来，打上门去的人是叶梦威女儿的男友。当然背后有性格一贯叛逆的小叶的支持。但即便如此,我觉得郑志良还多少算有点胆量。为了得到自己心爱的女人,竟敢不怕鱼死网破。且此招看来还蛮有效果,既然木已成舟,叶梦威万般无奈,不得不认了这个女婿。

最先是叶梦威本人取得了香港居民身份,且开始设法谋生。他必须站稳脚跟后才能将家人接去。其时香港与内地刚刚开始经济交往,叶梦威便注册了一家贸易公司,俨然以港商的面目返回内地,寻找商机。那时候的机遇也多,叶梦威与长沙针织厂各尽其能各取所需,不到两年时间便打开局面。叶梦威后来居然成了香港数一数二的毛巾与袜子等针织品批发商。

于是一家人顺理成章,先后全部移居香港。郑志良当然从中获益,俨然以其女婿的身份得以在香港定居。

锺先生回忆说,叶梦威也做了件体面事。多年来叶的堂客对他一直嫌恶有加,几近离婚。但叶梦威仍将其带至香港,让她获得了香港身份,然后在长沙最早的别墅区阳光花园买了套别墅将她安顿好,再跟她离了婚。

因他与妻子实无感情可言了。

叶梦威定居香港后仍与锺先生保持着联系,他始终记得锺先生在精神上给过他的莫大慰藉。锺先生也信任他,多年来在香港报刊上发表文章的稿费,一度都是请叶梦威代领并代存。锺先生说,先后加起来也有好几万港元呢。

有些事情说起来虽算不上巧合，但蛮有意思。叶梦威与女婿郑志良其实也有类似之处。郑志良在长沙最初靠贩卖球裤背心发迹，叶梦威在香港开头亦靠批发毛巾袜子起家。郑志良在长沙与张美欣离婚后与小叶再婚，生下一女，叶梦威呢，在香港与小叶妈妈离婚后又找了个太太，生下一子。

还有件轶事值得一提。叶梦威离开内地之后，锺先生收到他的第一封信，落款的名字却变成了"叶又吾"。锺先生在复信中顺便问他为何改名。叶梦威答曰：

过去的我死了，"又吾"即"又是一个我"的意思。

前朝记忆渡红尘

如是,小方凳上堪称荤素搭配,浓淡相宜。一老一小推杯把盏,但听朱老头子漫说往事,颇有『前朝记忆渡红尘』之况味。

彼时窗外雪花纷飞。不远处传来火车的汽笛声,又有煤车缓缓驶进南站了。

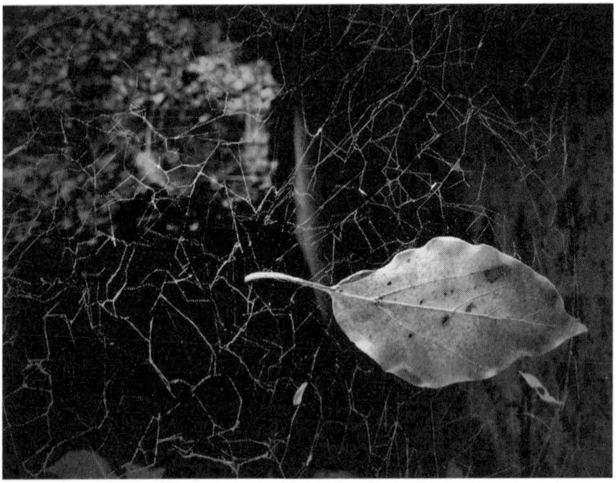

在毛泽东还被人叫作毛润之的时候,有桩轶事恐怕鲜有人知,可我早在"文革"时期便听说了。谁讲给我听的呢?

朱仲硕,朱老头子。我曾经的忘年交。

当年蛰居长沙的朱老头子寂寂无名,但其家族却非常显赫。

扯远点,朱元璋是他的老祖宗,朱仲硕为第二十八世孙其来有自。明英宗时,封第七子朱见浚为吉王,建藩长沙。明亡后,吉王的后裔遭逢世变,为图隐匿,将"吉"字加"冂"改姓为"周",潜入民间两百余年。

说近点,改"朱"为"周"的家族中,有个人叫周达武,少年时在宁乡石家湾挖过煤,后投湘军。因骁勇善战、军功显赫,深受左宗棠赏识。先后任四川、贵州、甘肃提督,手握重兵十数万。此周达武,即为朱仲硕的祖父。至晚年,周达武买下长沙城北的蜕园,这是当时省城内首屈一指的苏州式园林。清末重臣,两江总督魏光焘亦与之联姻,将女儿嫁给了周达武的次子周家纯。

此外值得一提的是,湖南巡抚陈宝箴亦曾借居蜕园多年,其嫡孙,中国史学界一代宗师陈寅恪也出生在蜕园,比周家纯小七岁。

民国成立后,周家纯呈上家谱,请求湖南督军府批准恢复朱姓,改名朱剑凡。此人便是朱仲硕的父亲了。朱剑凡乃中国现代著名教育家,具有百年历史的长沙周南女中,即是他亲手创办。且将学校办在规模宏大的"蜕园"里,所以有"毁家办学"一说。年轻时候的毛润之,亦为朱家常客。朱剑凡惜才,经常周济毛润之。

再说近点,朱仲硕的二姐朱仲芷,为解放军的海军司令、大将萧劲光的夫人。小妹朱仲丽,为中共中央书记处书记、首任驻苏大使王稼祥的夫人,延安时代还是毛泽东的保健医生。来头都不算太小吧。

不无慨叹的是,朱老头本人却遭造化拨弄,乃至后半生潦倒不堪,走背时运。要不然,住在倒脱靴巷子里的我,如何会认得他?

先讲讲毛润之的那桩轶事。

对早年经常去他家的毛润之,朱老头记忆犹新。那时候,他才十四五岁的样子吧,"毛叔叔"经常去他家打秋风。或借本书看，或蹭顿饭吃。有次，他在自己屋里看书，忽然听到客厅里一声脆响。赶紧出去看，原来是一只青花瓷痰盂被打碎在地。又见"毛叔叔"慌忙跑出厅外，暗想，恐怕是他闯了祸，想开溜吧。但为了顾及毛的面子，便装作没看见。继而又发现门房进屋，将地上的瓷片细细收拾走了，更未在意。

待到晚上父亲回家，门房进屋告诉他父亲，方才知道事情原委。说毛先生打碎了痰盂急得要命，从长衫里抠出仅有的二十文钱，要他帮忙找补碗匠补痰盂。无奈碎得厉害，即便补好也得不偿失，且二十文钱远远不够，弄得毛先生好不尴尬。父亲听了大笑起来，说，不要他赔不要他赔！

此事亦有佐证，他的小妹朱仲丽晚年在一本书里也回忆过。毛在延安遇到她时，还提到说，我年轻时，穷得没有饭吃，是你爸爸叫我住在周南女校校园内，吃饭不让出钱，一天还吃三顿呢。

不过当时这个故事听了便罢，可不敢跟其他人说。

我跟朱老头子的关系八竿子打不着。年龄悬殊更大，那时他已经六十有六，而我才刚刚二十出头。记得初次见面，在那间四处透风的破屋里，他跷起双手的大拇指与小拇指，摇着说，两个六了！

所以认识，纯属偶然。且先认识的是朱老头的老伴朱嫊驰。

那日，我去街道合作医疗站骗病假条。尤其听说换了位年轻的女医生，长得白白净净，样子蛮可爱，更想去一窥究竟。又想，若运气好，说几句惹女医生开心的话，或许还开得到一两瓶风湿药汀，可掺点糖精权当酒喝。

合作医疗站是"文革"时期的典型产物。先是在全国广大农村里普及，继而推广至几乎所有城市，一般由街道办事处管辖。医生大都是卫校毕业的，甚或还有仅经过简单培训的赤脚医生。也不要紧，无非看些伤风感冒之类，不会有人去看疑难杂症。街道工厂的工人那时无任何劳保福利，去医院看病不能报销，所以小病小痛去合作医疗站开几粒药便是，反正不要钱。

医疗站里有三四个人在候诊，都坐在一条长椅子上。我坐最后，有机会慢慢细细观赏那位新来的女医生。样范倒不差，但并非白白净净，而是白白胖胖，嘴角还有粒好呷痣，令人失望。正有些无聊，却看见从门口的逆光中，一位拄拐杖的驼背老娭毑踽踽走近，步子很短，影子很长。直至走到我旁边，尽管有个空位，却与我拉开距离，挨着椅角慢慢坐下。

我多少有点不忍，便站起来请她坐我的位置。老娭毑有点诧异，抬头看看我，说不用不用。我呢，既已起身，便霸蛮请她坐过来。

老娭毑拗不过，只好连声道谢，与我换了座位。

不料看完病，老娭毑慢慢走到我跟前，细声说道，你是个蛮懂礼貌的伢子呢。不嫌弃的话，欢迎来我家里来玩啊。停了一下又说，我家老头子可以教你学学英文呢。

这话说得我不好意思了。一时让座不过心血来潮而已，平时哪里晓得讲什么礼貌。但听说她的老头子会讲英文，倒使我有了好奇心。

老娭毑头发花白，满脸皱纹。脊背几乎佝偻成九十度，双手指关节则严重变形，形同鸡爪（如今知道，此即类风湿性关节炎的典型症状）。肘臂间挽一只缠满烂布条的塑料带编织篮，里头除了两茎莴笋，别无他物。但稍稍留意她的眼神，却显得既温和，又淡然。与一般街道妇女那种空洞、木讷的眼神完全不同。

加之老娭毑并非本地人，说话带有明显江浙一带的口音。

凭直觉，这老娭毑与她的"老头子"应该有点什么来头吧。尽管小有顾虑，但好奇心占了上风，便欣然接受了她的邀请。

不言自明，老娭毑便是朱娭毑，老头子便是朱仲硕了。

老两口子住在火车南站附近，毗邻煤码头的枣子园六号。

火车南站曾经是长沙最大的煤炭集散地。进工厂以前，十六七岁时候，我间或在此打打短工，主要是卸煤。通常是几个人包一节车皮，将煤奋力耙下，堆如小山。再由传送带轰隆隆转运至泊在湘江里的运煤船上去。印象颇深者，乃附近的街巷几乎全是灰扑扑的，空气中满是弥散的煤灰，居民白天皆不敢开窗。

先前，长沙城区的湘江东岸，以小西门码头居中，朝南北两向渐次延伸，布满了各类码头。左近的穷街陋巷密如蛛网。居住者多为城市贫民，且有各种街道工厂、手工业作坊混杂其间。枣子园即其中一条杂乱、肮脏的小巷。巷子尽头还有家新湘玻璃厂，我还在车间里看过工人吹电灯泡呢。

枣子园六号是栋砖木结构的老屋，两层楼。下半截青砖墙，上半截木板壁，已然破败不堪，现在想起来倒还有些特色。一楼是一家南货店，朱老头两口子住在二楼。木制楼梯居然不在屋内，而是紧贴户外墙壁，露天架设。虽有扶手，但颇为陡峭，一脚踏去吱嘎作响，初次上楼腿肚子不免发紧。

因平时见惯了太多挨批斗的各色人等，去朱老头家的路上，还设想了一下他的形状。一副谨小慎微，夹着尾巴做人的瘦老头样子恐怕八九不离十吧。未料爬上楼梯进屋，但见这个老头子高大挺拔，略显零乱的白发梳向脑后，额头饱满，面容清癯。眼神虽有些混浊，却暗藏一种逼人的光芒。其容貌与气质毫无颓丧之状。

见我站在门口迟疑，朱老头用一口喉音浓重的长沙腔朗声说道，我一看就晓得你是小王。请进请进，老太婆讲过好几回了。我有些拘谨地走进屋里，稍稍四顾，除一床一柜外，再未见什么像样的家具。显眼的却是一摞一摞码得半人高的火柴盒子，几乎占据了这间小屋子的半壁江山。

一边，朱娭毑高兴地抽了张矮板凳叫我坐下。落座，我跟朱老头搭讪道，你老是长沙人啊？朱老头竖起指头说，不光我是长沙人，我祖辈也是长沙人哦。又问我住在哪里，我告诉他住在小古道巷里头的南倒脱靴。朱老头子说晓得晓得，在南门口。长沙城里有两条倒脱靴巷，还有一条在臬后街，叫西倒脱靴，可一直通到药王街去。

我便小有得意地打算告诉他倒脱靴的所谓典故，与《三国演义》关公战长沙有关。不料刚刚开腔，朱老头子连连摆手，说莫提莫提，我最烦这些莫名其妙的出处与典故，东扯葫芦西扯叶。见我不无尴尬，便说，倒脱靴其实是个围棋术语哦，先弃后取，有置之死地而后生之妙，还蛮有意思。《红楼梦》里就写过妙玉跟惜春下围棋，结果妙玉一招倒脱靴式，反败为胜，把惜春气得要命。

又问我晓得下围棋不，我说不晓得，只晓得玩五子连。朱老头哈哈一笑，喊道，老太婆，跟小王倒杯水啊。

转头又说，对不住，我屋里如今连片老末叶都冇得。不过喝白开水好，老蒋那时候就提倡新生活运动，还信基督教，从来不呷茶！

隔起好远，却分明可见在逆光中点点飞溅的唾沫星子，且依稀闻到他嘴里喷出的酒气。便暗忖，这老头子无茶尚可，无酒恐怕不行。

朱娭毑则细声细声嗔怪道，你讲话能不能不胡说八道啊？朱老头将眼睛一瞪，说，你跟我几十年哒，不晓得我从来就胡说八道啊。朱娭毑只好叹气，说晓得，晓得。一辈子就吃了嘴巴的亏，好酒贪杯。还从不长记性。

朱老头却一脸无所谓。说，都沦落到褙火柴盒子的地步了，还怕什么？

火柴盒子我也褙过啊，我顺势说道。小时候放寒暑假，家里要我们褙火柴盒子，赚学费。一万个七块三。

勤工俭学，好啊。朱老头回答，如今一万个还是七块三。老了，两个人手脚都慢，一个月顶多褙两万个。

再细看朱老头的衣着，真有几分怪异。上身穿一件黑色缎面中式棉袄，有隐隐可见的团花纹。偏紧，明显不合身。下面却是一条土黄色呢子马裤，裤裆阔大。两只裤脚各被一排扣子扣住，小腿便尤觉瘦小。这样看去，老头子又显得有几分滑稽。上身像个地主，而马裤，先前只在电影里看鬼子军官穿过。

见我眼神好奇，朱老头倒颇为坦然。说，这身打扮都是妹夫送的。如今穷啊，都是穿他们的旧东西。说罢自嘲地大笑。突然又说，你晓得，我妹夫是谁不？

我哪里晓得，只能摇头。

是你的家门啊，王稼祥。听说过没有？

那时候我真不知道王稼祥乃何许人也，便老实回答，没听说过。

老头子便有几分失落。说我告诉你啊，我还有个姐夫，叫萧劲光。我连忙说，萧劲光我还是知道的，堂堂海军司令，解放军的十位大将之一呢。

那你晓得他为什么当的海军司令不？朱老头再卖了个关子。这个我当然又不知道了。朱老头得意了，说，萧劲光少年时候，就在橘子洲头架划子谋生。当年的毛润之还坐过他的划子呢，讲他的划子划得好。所以新中国成立后任命他当了海军司令。不过后来跟我二姐离婚了。

我只能愕然。断乎想不到，萧劲光所以当上海军司令，竟与他年轻时会架划子有关。

不过其实啊，朱老头又说，王稼祥资格更老。毛主席就讲过，王稼祥是最早支持他的，遵义会议上没有他不行，投了关键的一票哦。说罢又拍拍大腿，这条马裤就是王稼祥送的，正宗的日本将军呢，林彪打平型关的战利品！

这些故事听得我有些神思恍惚。不敢信，又不得不信。

朱娭毑见老头子口无遮拦，着急得紧，又无法阻止。只好对我说，老头子胡说八道，千万不要去外面乱讲啊。我连连点头。其时大概是七二年七三年吧，林彪"九·一三事件"发生后不久。民间风声鹤唳，流言暗涌，不知这世界到底还会有什么惊心动魄的变故。只是隐隐觉得还会出事，还会出大事。

那日，因为无意中结识了一位颇有来头的老头子，回家后有点按捺不住，便将此事悄悄讲给邻居胡叔叔听。胡叔叔刚满二十岁便成了右派分子，被电业局开除公职，劳教了几年，后来在街道工厂混了碗饭吃。但他见多识广，人缘也很好，倒没吃多大的苦头，我蛮愿意跟他亲近。没想到胡叔叔有个朋友便是朱家的远房亲戚，知道朱仲硕确为朱剑凡之子。还说朱剑凡有八个崽女，其他七个都参加了革命，只有朱仲硕一个人跑到印尼的一所华侨学校教书去了，走的另外一条道。加之性格不好，喜欢耍少爷脾气，所以其他兄妹跟他几无来往。乃至落魄以后，只有小妹朱仲丽还多少接济一下他。不过自从"文革"开始，朱仲丽一家也是泥菩萨过江了。

我不解朱老头为何一径潦倒至此，胡叔叔也未知其详，只是说朱也打成了右派，后来又因什么事从北京被遣送回长沙。

只是连累了他的老婆。胡叔叔说，也是苏杭那边的大家闺秀呵。

但我从未听朱老头讲过什么怨天尤人的牢骚话。大抵都是挑些可堪一提，且不无得意的往事说说，且习惯了自我解嘲。如今回想起来，老头子恐怕也是所谓选择性记忆使然，更不愿在外人，尤其不愿在如我这样不相干的晚辈面前，袒露内心的隐屈吧。

对于父亲朱剑凡，朱老头一直引以为骄傲。朱剑凡一九三二年因胃癌逝世，葬于上海公墓。新政府成立后，在毛泽东的指示下，朱剑凡于一九五三年迁葬北京八宝山革命公墓，还举行了一个安葬仪式。毛泽东曾经对他妹妹朱仲丽说过，你的父亲可惜死早了，不然我要请他当教育部长呢。

谁敢说他是资产阶级教育家？刘少奇亲自替我父亲的骨灰盒盖的国旗！朱老头子大声说，毫无顾忌。

我听了却不免有些心惊。

听朱老头自己说，上世纪五十年代中期，他在外贸部任英文翻译，参与过中英建交前互设办事处的高级别谈判，其间还替周恩来做过几次翻译。建国初期，因他有过在印尼的生活经历，曾被外交部拟定为首任中国驻印尼大使馆的二秘。

可惜言多必失啊，朱老头苦笑一声。

我不知二秘为何物。朱老头说，就是二等秘书哦。我有些不屑，说，二等秘书？朱老头便说，莫小看这二秘，它可是外交官晋升的重要台阶呢。随即讲了一个听去有些匪夷所思的故事。

当年，一批即将被委派至国外使领馆的各色人员，均集中在刚落成的北京新侨饭店短期集训。一日，朱老头的房门被敲响了。开门一看，却是一位多年不见的熟人。朱老头略觉纳闷，还是将来人请进屋里。两个人不咸不淡地寒暄起来。那人貌似随意地问朱老头被委派至哪个国家。朱老头迟疑了一下回答，去印尼哦。那人又问他有何感受。朱老头轻描淡写地说，故地重游吧。那人微微一笑,说好啊好啊,旋即告辞。

孰料第二天,朱老头被正式通知,他去印尼的任命被取消,调去外贸部报到。朱老头百思不得其解,却不敢随便打听。

多年后才偶然得知,他违反了当时的保密规定。其中一条,即对外机构的所有任命及去向,在未公开之前,不得私下泄露给任何无关部门或人员。

忆及此处,朱老头把大腿一拍,不无懊恼地说,他妈的,那回碰了个探子。朱娭毑却故意气他一句,莫怪别人,怪只怪你自己,嘴巴子关不住风。

我在一边,忍不住笑了。

算起来,我跟朱老头大约交往了四五年时间吧。固然谈不上惺惺相惜,但彼此精神上还是各有所依。所谓老小老小,在那个风雨如晦的时代,他想说,我爱听,也算一种难得的缘分吧。有时明明知道老头子酒喝高了,难免言过其实,照样听得津津有味。若说一老一小臭味相投,并不过分。

记忆尤深的是冬季,一般是礼拜天的上午。若无他事,我喜欢独自一人,骑一部烂单车去朱老头家。先在枣子园六号楼下的南货店里,打半斤金刚刺酒(俗称"闷头春",九分钱一两),外加一包油炸花生米,或者兰花豆,吱吱嘎嘎爬上那架户外楼梯,趸进光线阴暗的朱家小屋。

朱老头照例和衣蜷缩在床上,兀自"烤被窝火"。朱娭毑则在一大堆火柴盒子后面,冒出头发已然花白、稀疏的脑袋,起身跟我打招呼。房中间的藕煤炉上,照例坐着一把咝咝冒着热气的瓦炊壶,勉强制造出些微暖意。那只贴着炉壁取暖的黑猫,亦照例冲我伸个懒腰,竖直尾巴喵呜一声,仍复睡去。

我呢,先替老两口将褙了一个礼拜的成品火柴盒捆好,搬下楼,送至巷口的收货处,再将一批要褙的原材料搬回他们屋里。照例,朱老头已然将花生米与半瓶"闷头春"摆在那张权当饭桌的破旧方凳上,迫不及待地将酒杯斟满,且大声叫道,老太婆,小王来了,炒两个菜!

说是炒两个菜,不过两茎莴笋。莴笋脑壳一碟,用猪油炒。莴笋叶子一碟,用茶油炒。一菜两吃,个中自有缘由。最初我不知就里,后来才晓得,多年来老两口一直如此。朱老头湖南人,口味重,嗜辣。朱娭毑浙江人,口味轻,怕辣。尤其是朱娭毑笃信回教,莫讲猪肉,连猪油都不吃。所以哪怕一样小菜,也要做两样炒,各吃各好,泾渭分明。

自然,为了照顾老头子的口味,朱娭毑还是练就了一手做湖南菜的功夫。炒的莴笋脑壳亦颇合我的口味。先将一小砣猪油烧红,放豆豉少许碎干红椒少许,稍稍炸焦,再将切成薄片的莴笋脑壳"嗞啦"一声氽入,翻炒十数秒后旋即起锅。香、辣、脆俱全。不过顿时弥漫满屋的油烟味,亦屡屡呛得三个人前仆后继地咳嗽,连那只黑猫也跟着打喷嚏。

待猪油莴笋脑壳炒毕，朱娭毑再细细洗净菜锅，放入茶油，清炒莴笋叶。且几不放盐，炒出来色泽翠绿，味道至为清淡。如是，小方凳上堪称荤素搭配，浓淡相宜。一老一小推杯把盏，但听朱老头漫说往事，颇有"前朝记忆渡红尘"之况味。

彼时窗外雪花纷飞。不远处传来火车的汽笛声，又有煤车缓缓驶进南站了。

朱老头尤其喜欢讲关于喝酒的故事。还透露过周恩来喝酒为何豪饮不醉的秘密。不过只要提及周恩来，朱老头必定免去其姓，径称总理，让我听去总不太适应，有种怪怪的感觉。

我告诉你啊，总理有个绝招。朱老头抿一口酒，扔两颗花生米到嘴巴里。我晓得他又故意卖关子了，便作洗耳恭听状。

朱老头再抿一口酒，缓缓说道，每次赴宴前，总理都要先吃一大勺猪油。吃猪油？我大惑不解。

油，比酒的比重轻啊。酒喝进肚子里，被猪油压住，你说，总理还会醉吗？

我恍然大悟。且朱老头不说，我哪里会知道，总理同志喝酒，竟然还有这么一招。

我问朱老头，宴会上翻译可以喝酒不。朱老头说那怎么可以？顶多喝一杯橘子水，不能多喝。我说橘子水还不能多喝？老头子正色道，橘子水喝多了会放屁，那就是国际影响了哦。又抿了口酒。

我却笑得喷酒了。

但朱老头还是在外国人面前展现过一回惊人的酒量。不过这个酒量大得有些离谱，我只能姑妄听之。说的还是当年的事，即中英双方达成协议后，中方邀请英方代表去杭州游览。游罢西湖，一行人便去楼外楼吃杭帮菜。因系非正式场合，且表示好客，作为翻译便但饮无妨了。

朱老头擅讲故事，且好铺陈。先不说喝酒，却从楼外楼的西湖莼菜银鱼羹讲起。我一穷街陋巷小子，不知莼菜为何物，更莫讲吃过。老头子便有几分得意了。告诉我说，莼菜是一种珍贵时蔬，口感圆融、鲜美滑嫩。多生于池塘湖沼，尤以太湖、西湖所产最负盛名。莼菜银鱼羹则是杭帮菜里头的一道名菜。

苏东坡有词，"若话三吴胜事，不唯千里莼羹"。乾隆皇帝巡视江南，每到杭州也必点这道菜哦，朱老头说得摇头晃脑，唾沫横飞。用太湖银鱼、金华火腿吊汤，应时的西湖莼菜、豆腐提鲜。豌豆粉勾芡。佐以芫荽，再滴几滴麻油，少盐。小王啊，连舌头都要鲜掉你的！

又跟我碰杯。早已浑然忘却彼时杯中之物，乃从楼下小南货店里沽来，为辛辣刺喉、九分钱一两的金刚刺，而佐酒之物，不过两样小菜，一小碟花生米也。

再说吃醉虾。说将新鲜河虾放在玻璃盅内，用黄酒浸泡，蘸镇江陈醋，夹在嘴里还在舌头上活蹦乱跳。这都是我闻所未闻之事。

终于说到喝酒了。

在楼外楼饮酒,自然以绍兴陈年花雕为佳。朱老头说那回喝的是十年陈酿。五钱薄瓷小杯,满斟。席间宾主频频举杯,极为惬意。未料邻桌一壮硕英国佬忽然起身,走至朱老头跟前竖起大拇指,连连夸耀其一口伦敦腔纯正、地道,要与他干杯,正中老头子下怀。

每人两杯如何?那英国佬说道。

行啊。老朱头自然痛快。

每人四杯如何?那英国佬又说。

好啊。于是两个人每人四杯饮罢。

整个过程的一问一答,朱老头子先说英语,再翻成中文给我听,整个身心已然完全沉浸于往事当中。

每人再来八杯,怎么样?英国佬又提议。

每人又干了八杯。

再干十六杯?

这可是成几何级数往上加量了。但两人毫无惧色。

痛快!那英国佬拍了拍朱老头子肩膀。再来三十二杯!

各人遂又干了三十二杯。

此刻,周遭的人早已围拢,且看两人斗酒。

但英国佬已微显醉态了。

于是，朱老头发起了总攻。提议，每人最后六十四杯，如何？众人哗然。

朱老头子面不改色，再连干六十四杯。但见那英国佬开始跟跄，勉强干完最后一杯，旋即滑到酒桌底下去了。

我搬起指头数起来，二加四，加八，加十六，加三十二，再加六十四，共计一百二十六杯，以每杯五钱计，每人喝了六斤三两。即便是黄酒，亦是非常惊人的了。

后来我问朱老头什么叫作伦敦腔。朱老头不无自豪地告诉我，伦敦腔其实是伦敦下层人士讲的土腔，很口语化。打个不恰当的比喻，就像老北京人说话，其实跟所谓普通话也有很大的区别，老百姓习惯讲，因此更自然，更生动，更接地气。其实贵族化的牛津官腔，我也会讲哦，朱老头子说。但是有点装腔作势，不好听，我不喜欢。

跟朱老头交往数年，我数度动过跟他学英语的念头，但终于还是放弃了。总觉得太枯燥，更不喜欢死记硬背。我曾介绍过几个人跟他学英语，个个学有所成，可见我的不争气。朱老头虽然遗憾，但从不勉强。记得他跟我讲过，勉强是学不好东西的，要发自内心的喜欢才成。我深以为然。至今想来仍未后悔，因终究不是那块料子。不过朱老头翻译水平之精深，我虽不懂，却有所领教。

一日，两人忽然谈起了翻译文学。那时候，我已偷偷读过几本外国小说，尤以英法小说居多。朱老头便说，年轻时候他读过不少英文原版小说，尤其喜欢狄更斯。说罢，竟然用英文声情并茂地背诵了一段《双城记》里的句子：

> 这是希望之春，这是失望之冬；
> 人们面前应有尽有，人们面前一无所有；
> 人们正踏上天堂之路，人们正走进地狱之门。

中文的意思当然是朱老头子翻译给我听的。在当时的时代情境之下，这段话给我的内心造成了极大的震撼。回家后便将其偷偷记到一个本子里了。后来本子丢失了，但这段话至今未曾忘记。

年轻时候，朱老头还打算翻译《双城记》，但最终不了了之。我问为什么，他说，文学作品，难得译啊。譬如你骑的自行车，民国时期叫脚踏车。虽然是同一样东西，时代不同，叫法也不同。若翻译，断乎不能搞错。刚巧，朱嫘驰正在一边给藕煤炉子换煤。朱老头当即又举例道，就拿藕煤来说，是我们南方的叫法。北方呢，叫蜂窝煤。设若南北不分，都译成蜂窝煤，错倒没错，但完全不是那种味道了。说到此处，老头子意犹未尽，指着我说，你说，长沙人会把藕煤说成蜂窝煤不？

我便使出激将法来，说你译得出不？朱老头略作思忖，居然将藕煤与蜂窝煤的英文单词分别说了出来。然后又自我肯定说，应该这样，这样才有区别。我当然听不懂，更记不住。

所以我不奢望搞文学翻译，别的还行，朱老头说。又忽然问我，你读过郭沫若译的雪莱十四行诗没有？我老实回答说没有。朱老头指着我说，幸亏没读过，那简直是狗屁。

老头子真够狂的啊。

近年某次聊天，我将朱老头译藕煤的故事跟做翻译的友人汪君说过。汪君好事，回家埋头查证。首先查大部头《辞海》，内中既无"蜂窝煤"，亦无"藕煤"，一碗水端平了。又查《现代汉语词典》，再遍翻数种汉英词典，倒是均收有"蜂窝煤"一词，却仍无"藕煤"一说。最终才从一本《新时代汉英大词典》中查出有"藕煤"词条，令人遗憾的是，译法与意思却与"蜂窝煤"完全相同，毫无二致。

汪君且从微信里发来两个词条的英文释义，照录如下：

蜂窝煤：honeycomb briquette
英文意为蜂窝状的煤球。
藕煤：〔方言〕honeycomb briquette
英文意同上，亦为"蜂窝状的煤球"。

我不免替"藕煤"深深抱屈了。将"藕煤"一词定为方言姑且不论，但英文之意怎么也成了"蜂窝状的煤球"呢？明明是形同藕节，比北方人说的"蜂窝煤"要形象得多啊。难怪当年朱老头说，把中文翻成英文，更难，恐怕就是难在类似的地方。又想，朱老头子那回究竟是怎么将两者区别翻译的呢？于我而言，这已成了永远的不解之谜。仅此，都使我深深怀念与老头子相处的那段珍贵时光。

朱老头子亦多次去过倒脱靴我的家里。他喜欢跟我父亲聊天，南京城隍北京土地，当然绝口不谈政治。父亲大半辈子落拓不堪，平素几乎不跟外人交往。但只要是朱老头子来了，最舍不得的他，居然每每斟上一小杯白酒相待。不过两人都是喝"光口酒"，无任何佐酒物，却也其乐陶陶。父亲上世纪三十年代毕业于雅礼中学，这是美国人在长沙办的一所教会学校，美国教师也不少，上课多讲英语，所以父亲的英文还过得去。来了兴致，还一起与朱老头子唱英文歌《啊，苏姗娜》，唱到过门处，两个人居然还忘形地吹起口哨来。

我还特别怀念喜欢我的朱娭毑。记得朱娭毑曾试图替我做过一次介绍，是住在他们楼下对门的一个妹子。个子不高，但长得乖巧，碰见我总是笑眯眯的。手脚也勤快，经常替朱娭毑做点家务。可惜当时我正一心一意追求另外一个妹子，朱娭毑介绍未遂。不过后来朱娭毑对我说，小王啊，幸亏没介绍成器，那妹子太冇得名堂。老头子把她介绍给北京的妹妹朱仲丽家里做保姆，结果没过几天，她把新交的男朋友也叫了过去，整整在妹妹家连吃带睡住了三个月。搞得王稼祥朱仲丽两口子不胜其扰，只好将其打发回了长沙。

我便开玩笑说，要是我跟她交了朋友，不会也把我叫到北京去住几个月吧？那我也乐意。此话把他们两口子惹得哈哈大笑起来。

七六年"文革"结束后不久，朱老头两口子终于得以返京，我们还通过几封信。其时我闭门造车，写了一个伤痕题材的电影剧本，也郑重托付老头子转给他的侄女，即萧劲光的女儿看。因老头子说过，萧的女儿在北京电影制片厂工作，还负了点什么责。老头子欣然应诺。果然未出两个月，我即收到了来自北影厂的回信，整整两页纸，满满都是提的意见。写信人叫张暖忻，此人后来成了著名导演，我看过她导演的影片《沙鸥》。还记得她回信中印象颇深的一条，说剧本中有多处"回忆中套回忆"，不妥。最终的意思当然是整体否定。也罢，从此断了我写电影剧本的妄念。再往后，我与朱老头渐渐疏于联系了，直至彼此再无音问。

这当然是正常不过的事情。

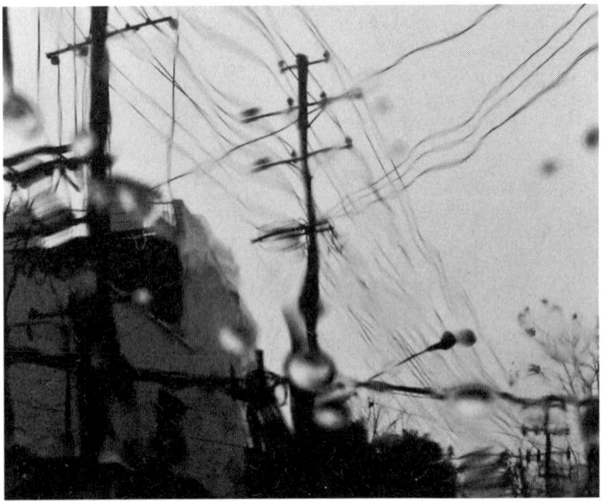

一粒米到底有多重

看着这张表格,我不禁大声朗诵起来:十三两、九钱、三分、五厘、四毫。于是疑惑也随之而来,尾数的"四毫",有几粒米呢?且自然而然地,终极追问来了:一粒米,到底有多重?

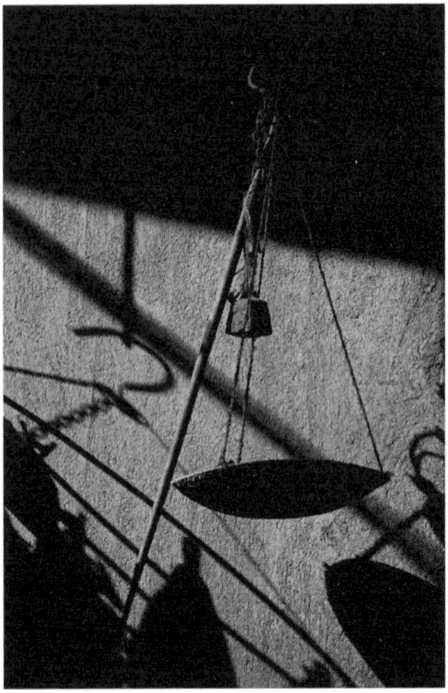

多年前父亲去世，留下来几本日记，还有一摞书信与账簿。粗略翻翻，鲜见有什么感兴趣的东西。

尤其日记，内容几乎全部与工作有关，事无巨细不厌其烦，读来乏味。当然还有一些政治学习的心得体会，应该是他当时的真实感受。我不得不说，父亲的思想，算是改造得非常彻底的了。

但在一九六一年的那本日记中，意外发现有两件父亲亲手绘制的表格，值得过细探究一番。

先说其一。表格抬头为"长沙市城镇各类人口、工种口粮定量标准"，共计十七页。首页右上角有"61年一季度"的字样。

这份口粮定量标准分类之详尽与精妙，实在令人叹为观止。当然也反映出其时国家粮食短缺到了何等地步，而那些掩藏在背后的标准炮制者，亦是如何煞费苦心，殚精竭虑。我很好奇，他们是些什么人呢?

表格共分为：采矿冶金、土木建筑、水上运输、市内运输、公路运输、机械、手工业、轻化工、公安、交通、邮电、文艺、学生、居民、儿童、服务、其他、干部脑力劳动及其他脑力劳动等十八大类。每大类下面又分若干小类，小类下再细分为若干工种，再就是每个具体工种的粮食定量标准了。

共计各行各业、各色人等约三百七十余种。原则上是按劳动强度的高低来定量口粮之多少（计量单位均为市斤）。

我首先关注的当然是最高定量者。属采矿冶金类的井下挖掘工及井下运输工，每月52斤。劳动强度看来最高。其次是井下支柱维修工，每月50斤。定量50斤以上者仅此三个工种。

最低定量者则是一岁以下儿童，每月8斤。这很好理解，年纪小吃得便少。

但我发现，此份表格亦有重大缺陷。即，所有工种及人员的定量标准之依据与说明，均付之阙如。再细读数遍，仍百思不得其解。

如：搬运装卸工共有四个等级。甲级搬运装卸工48斤、乙级搬运装卸工44斤、丙级搬运装卸工40斤、丁级搬运装卸工36斤，其劳动强度之区别在哪里？

又：家务劳动亦有四个等级。重家务劳动（甲）26斤、轻重家务劳动（乙）25斤、一般家务劳动（丙）24斤、轻家务劳动（丁）23斤，其劳动强度之区别又在哪里？

再：制香烛鞭炮工25斤，纸盒工（裱糊、衬壳、金花工）26斤，制发夹工27斤，磨刀剪工28斤，制纽扣工28斤，修理眼镜、钢笔、收音机、钟表及打字机修理工28斤，制绳索工29斤，制雨具工（含雨具修理）29斤，制鞋工（修套鞋、皮鞋、布鞋工、打鞋底工）30斤，制乐器工30斤，修缝纫机磅秤工31斤，制肥皂工（制香料工）32斤，胶轮车修理工33斤，手工搅螺丝工34斤……

如此最少相差不过一斤的细分，理由何在？

也实在想不通，凭什么糊纸盒子的要比制香烛鞭炮的每月多一斤？制发夹的要比制纽扣的每月少一斤？磨刀剪工与修理眼镜、钢笔、收音机、钟表及打字机的为何又都是28斤？

令人惊讶者，还有类如制灯泡工的工种定量之细分程度：吹大泡、拉管、坩埚制造工为33斤，玻璃和料、吹山泡、割头、锯管、封口排气、蕊柱、喇叭、退兰（似应为蓝）光工为32斤，玻璃烫珠裁杆、绷丝、装钩、掀头、接导丝、选蕊柱为28斤，灯泡剪丝、验光、打印工为27斤……

此外，抬埋运柩者（即抬棺材的）38斤，人力屠宰工（即杀猪的）35斤。

"文艺类"中亦品种繁多。例如剧团内细分到电影演员、布景、管乐、弦乐、服装、美工、电影录音、剪接、摄制，等等，但均为29斤,这便令人有点替吹管乐者抱屈了。无论如何,吹唢呐总比拉二胡费力气吧,难道不能多加一斤吗?另,武功杂技演员与专业舞蹈演员为35斤,这倒可以理解。此外,其中居然没有发现文学工作者(即所谓作家)的定量标准,不知何故。

凡此种种,难以尽述。

且以为,在那个饥馑的年代,粮食定量标准乃每个人至关要紧之事。倘稍有不公,会不会引发群体矛盾甚或工种之间的争斗?但居然从未有所耳闻。中国的老百姓,看来还是习惯了听任官府摆布的吧。

父亲对数字有种天生的热爱,尤喜记账。他的账簿里,金额最少为一分钱(两担自来水),次之两分钱(一盒火柴),最多至五十四块五(每月工资)。印象最深的是有关买火柴的记载。每次买回一盒火柴,必定要数火柴根数,并记在账本上。这倒也罢,更有甚者,是旁边还有条备注,云:

上次一盒总计九十五根,此次一盒总计九十一根,少四根也。

想起父亲好歹也是民国时期名牌大学统计专业的高才生,后来沦落到只能以统计每盒火柴根数来发挥特长的地步,不由得啼笑皆非。

即便读古书，父亲也要逞其所长。他保存的一本《训诂谐音》，乃民国四年长沙谦善书局的版本。扉页的左上角用钢笔写下"共8707字"。目录中的记数更加详细，对"平上去入"四类谐音字全部进行了精确统计，分别写下"3435""1790""1984""1498"，并且用标准算术格式予以相加，得出总数为"8707"字。不可思议的是，父亲对该书正文中每个字的谐音，亦全部数了一遍，且同样予以相加，以印证目录上谐音总字数的准确性。

与父亲惊人相似者，便是我的姑妈，一位守了一辈子活寡，独自将儿子哺养成人的苦命女人。且姑妈吃面条的故事，与父亲数火柴根数的故事堪称双璧。"苦日子"时期，姑妈虽然跟我们家同住倒脱靴十号，但自从祖父去世后，就一直单独开伙。那时的面条属配购品，稀罕物，姑妈吃面吝啬至极简。盐少许，酱油数滴即可，连葱花都不舍得放。每次从粮店买回一筒面条，必定要数根数。可惜我记不住具体数字了，大约在六七百根左右罢。煮面条之前，姑妈亦必定细细过数，每次一百根，半根都不许多。倘若发现有半根甚或三分之一根者，则必定将其细细拼拢，不到一根按一根计。

偶尔也听见姑妈自言自语哀叹，这筒面比那筒面又少了多少根。

其实姑妈的书读得也不错，还会背不少古诗词。记得表哥曾回忆过，姑妈最爱吟诵的是唐代诗人元稹的《遣悲怀》。每每读到"谢公最小偏怜女,自嫁黔娄百事乖"时,眼泪便夺眶而出,感伤自己所遇非人。

在后来的漫长岁月里,姑妈的日子尽管过得很苦,但我行我素的性格始终不改。我亲眼见她做过一件匪夷所思的事情。她将一只鸡蛋放入一只特制的布袋中,贴身挂在胸前,试图孵出小鸡来。过些时日让我拢近去听,里头果然发出叽叽的叫声。可惜最终脱壳时,小鸡的翅膀仍粘在蛋壳上,出不来,死了。姑妈因此伤了好一阵心。

父亲与姑妈一样,也喜欢读点古诗词,偶尔还写几首打油诗苦中取乐。有段时间,某邻居养了十几只鸡,却不关养,任由它们闲庭信步,随意拉屎。但因其为工人阶级家庭,其他邻居便只得睁只眼闭只眼。父亲却用粉笔题打油诗一首,写在堂屋的木门上。诗曰:

鸡婆进房,跳上水缸。屙屎屙尿,不得清场。
来往同志,请你帮忙。喂鸡喂鸭,请用笼关。

其实姑妈与父亲这对姐弟,因种种缘由,平时相处得并不太好。但两个人的某些秉性及日常行为却如出一辙。我有印象,两人连在脸盆里搓毛巾的动作都一模一样。一般人是左右手互相搓,但姑妈与父亲不然。永远只用一只手搓,另一只手攥着毛巾不动，换只手亦然，且发出一模一样古怪的、咕叽咕叽的声音。

至于那年父亲得了水肿病，姑妈竟然也得了水肿病，这便只能说是命运对他们姐弟俩的过分拨弄了。正所谓一事无成百不堪。此即为我的父辈在那个时代的真实写照。

再说在父亲的日记中，另外一份他亲手绘制的表格，即一九六一年为全家制定的用粮计划安排表。近六十年过去，这份表格应该属于一件特定时代的特殊文物了。

此表格系用圆珠笔垫拓蓝纸复写而成。如今拓蓝纸应该濒临淘汰了，但从前的用途极为广泛，尤其为单位开具发票保留存根之必备。

如图所示，表格最左边为我们全家人名字的简写。往右依次是每人每月的粮食定量指标及折合两数、每日的平均两数、每日安排的用粮两数、全月合计两数、尾数、每人保留八两作为周转粮后的实际找尾两数。从备注中还可看出来，该年九月我即满十周岁，定量将增加一斤，由25斤变为26斤了。

另需说明，因父亲当时在坪塘石灰厂工作，属集体户口，且每周只回家一次，不在此表计划之列。但他要求全体家庭成员必须严格按此表用粮，绝对不能超量，以免月底断顿。

从此表中亦可看出，当时的计量单位还是沿用一市斤等于十六市两的老秤。而父亲竟然将全家每人每日安排的用粮数精确到两、钱、分、厘、毫。如我二哥每日的平均用粮数为13.9354两。

看着这张表格,我不禁大声朗诵起来:十三两、九钱、三分、五厘、四毫。于是疑惑也随之而来,尾数的"四毫",有几粒米呢?且自然而然地,终极追问来了:

一粒米,到底有多重呢?

那时我正读小学三年级,算术成绩虽然不好,但喜欢钻牛角尖。上述提问,一时令父亲有几分难堪。但他到底不愧为学经济的高才生,此等问题于他不过小菜一碟。转眼之间便对我说,这个问题虽然无聊,但我还是告诉你一种方法。

我赶紧洗耳恭听。

父亲说,方法其实简单。你先数出一百粒米或者一千粒米,称出它们的重量,再除以一百或者一千,不就成了?

我大悟。摸摸脑袋,嘟哝说,我原来光想到把一粒米放到秤上去称。父亲便有些不屑。说,如今哪里找得到这样的秤呢,除非用戥子。先前我从不知道什么叫作戥子。那次算知道了。原来是一种发明于宋代,专门用来称金子银子、人参燕窝之类贵重物品的精密小秤。

但我们的讨论随即遭到母亲的讥讽。说我们这是叫花子穷快活。并且不无挖苦地批评了父亲精心炮制的用粮计划安排表,竟然算出一斤后面的四位数"毫"来,却根本不去考虑能不能具体执行，终究不过纸上谈兵。

父亲却不以为然。他认为母亲根本不懂得统计学的价值与意义。

当然，我也再没打算去数一百粒米、一千粒米，还要去称，去除。饿肚子的人，毕竟干不出吃饱了撑的事情来。

至于计划用粮，最后还是按母亲的办法做了。她将家庭成员每人每月的粮食，用一杆老秤分别称好（绝对没打算精确至"毫"），分发给每个人自行保管，除开两个妹妹。每人每月八两周转粮预先扣出另存，以防不虞。且用细竹筒做了几只小米升。做饭时由母亲亲自监督，可少不许多，各自将自己每餐用量小心翼翼舀出来，放在属于自己的那只碗里，谁也不占谁的便宜。

七八只形态不一的各式饭碗，由母亲分作两层放入一只生铁炉锅里蒸。每天放学归家，必定听见炉锅底部的瓷瓦碴子因水开了，发出啵啰啵啰的响声，煞是诱人。

记得母亲还采纳过一个被到处推广的"先进经验"。即在蒸饭时加入少许食用碱，效果果然不错。蒸出来的饭呈半透明的浅黄色，显得比平时多很多，既软且烂，口感也好，几乎不用下饭菜，三扒两嚼便进了肚。母亲暗暗高兴。不料吃了几顿不行了，肚子比以前饿得更快。后来才明白，碱是刮油的东西。那时我们肚子里本来就毫无油水，再用碱这么一刮，当然更加饿得发慌了，遂很快中止了这个自欺欺人的把戏。

幸亏作为城里人，我家尚未如乡下饿到吃树皮、吃观音土的地步。不过直到小学毕业，我的身高仅为一米二六，体重才五十二斤。这是我的一本小学生手册里面记载的,应该不会错吧。

回忆至此，居然还是不知道一粒米到底有多重。想想，饿肚子的年代毕竟已经过去，我亦干过不少"吃饱了撑的"事情了，何妨再干一件。不过没有打算去找一斤等于十六两的戥子。太麻烦。最便捷的办法是先上网去查。不料网上也有人认为这个问题"极度无聊"。但即便如此，此君还是无私地公布了他的研究成果：

> 考虑到每粒米的重量不可能绝对相同，南方出产的大米与北方出产的大米亦有差异，只能取其平均值。一粒米的大致重量为 0.01859 克。

未料刚刚了却此番夙愿，脑子里却无端跳出一句偈语："佛观一粒米，大如须弥山。"这样想来，哪怕面对的是一粒不足 0.02 克的米，亦绝不能等闲视之了。

老照片钩沉

祖父留学日本后,在一次湖南同乡会上结识了秋瑾。两人意气相投,很快成为至交,且以姐弟相称,多有书信往来。秋瑾的豪言「吾自庚子以来,已置吾生命于不顾,即不获成功而死,亦吾所不悔也」正是出自她写给祖父的信中。

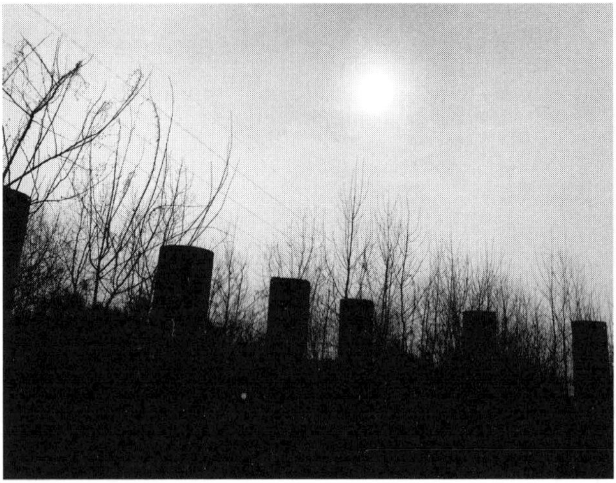

有回在网上浏览，偶然发现一张祖父的照片被拍卖，颇为惊讶与感慨。这是一张我从未看到过的照片。照片上的祖父全身戎装，理平头，留八字胡，目光威严。两侧还有他的亲笔题字："安德河先生惠存，王时泽敬赠。中华民国二十四年八月，摄于青岛。"并钤盖了一方印章。

兹将拍卖信息录于下：

王时泽像

作　　者：佚名

1935年摄

尺　　寸：17.5cm×26cm

银盐纸基

作品分类：古籍善本＞老照片

拍卖公司：北京华辰拍卖有限公司

拍卖时间：2014-11-20

拍 卖 会：2014年秋季拍卖会

估　　价：RMB 9,000元—10,000元

作品简介：王时泽像。拍摄于1935年任青岛公安局局长时，赠予安德河先生的珍贵肖像。粘于卡纸上，品相尚可。

王时泽（1886—1962），湖南长沙人，留学日本时加入同盟会，与近代民主志士秋瑾等人关系密切，秋瑾的豪言"吾自庚子以来，已置吾生命于不顾，即不获成功而死，亦吾所不悔也"正是出自她写给王时泽的信中。

看来拍卖者对祖父的背景还有些了解，秋瑾给祖父的信就是一个比较重要的史料。而我，却对照片上题赠的安德河先生产生了兴趣。看上去像个外国人的名字，但不敢肯定。于是当即将这张珍贵的照片拷贝下来，并打电话询问在北京的表哥陈漱渝，问他是否知道安德河乃何许人也。表哥大我近十岁，且写过多篇有关祖父（即他外公）的文章。果然他清楚此人。他告诉我，安德河是个德国人，是当年祖父为青岛市公安局聘请的警犬教练。另查网上相关资料记载："作为德国前殖民地的青岛市公安局也聘请德国人安德柯（河）帮助训练警犬，至

一九三〇年开办警犬训练班,培训一批警犬技术人员分往各地。"如此看来,祖父与这位警犬教练私交还不错,以至赠签名照片给他。

但这张"民国二十四年"赠送给安德河的照片,为何近八十年后在中国被拍卖,实在有些令人匪夷所思。

祖父于一九〇二年秋考入善化学堂(按：善化县于一九一二年并入长沙),受名师皮鹿门先生之教,得知世界大势。其时黄兴等人在湘提倡革命,祖父耳闻其说,深感中国瓜分之祸迫在眉睫,而清朝昏庸,因之在同学中屡屡慷慨陈言："非自强无以御外侮,非排满革命无以图自强,非唤醒同胞无以革命。"终因言论偏激,年少莽撞的祖父于一九〇三年冬被校方除名。幸得学董俞藩同先生资助,于一九〇四年春赴日本留学,其时尚未满十八岁。

诚如拍卖信息中所言,祖父留学日本后,在一次湖南同乡会上结识了秋瑾。两人意气相投,很快成为至交,且以姐弟相称,多有书信往来。并且共同在日本建立了反清秘密组织"三合会",取合天、合地、合人之意,并歃血为盟。祖父本人在《回忆秋瑾》一文中曾有生动记述。入会者除祖父之外,还有秋瑾、刘复权、刘道一、仇亮、龚宝铨等十人。按照洪门的会规,刘道一被封为"草鞋",俗称将军,秋瑾被封为"白扇",俗称军师。入会宣誓开始,主持人梁慕光手持一柄钢刀,架在祖父的脖子上。

梁问，你来做什么？祖父答，我来当兵吃粮！梁又问，你忠心不忠心？祖父答，忠心！梁再问，如果背叛，怎么办？祖父答，上山逢虎咬，出外遇强人！十人依此例一一宣誓完毕，梁慕光跟冯自由各站左右，扯开一条两米多长的横幅，上书"反清复明"四个大字。宣誓人先在横幅下面鱼贯穿行，而后另燃一堆篝火，宣誓人从火上跃过，表示赴汤蹈火，在所不辞。最后杀一只大公鸡，歃血盟誓，算是仪式结束。

一九〇五年八月，同盟会成立于东京。祖父与秋瑾及其他三合会的成员均转入同盟会。

更令人叹服的是，一九〇五年暑假期间，年仅十九岁的祖父由东京回国省亲，居然说服了一直居住在长沙的曾祖父、曾祖母及其兄王时润随他一起去了日本。但曾祖父不适应日本的生活，很快就回国了，哥哥王时润则进入日本法政大学攻读法学。王时润学成归国后，曾先后在清华大学、湖南大学等高校任法学教授。

秋瑾因与祖父结为姐弟，在东京见到祖父的母亲，当然非常高兴。且与她多次谈到男女平权、女子要受教育的问题，怂恿曾祖母留在日本和她一道求学。在秋瑾力劝之下，曾祖母决意留在日本读书了，并与秋瑾一起就读于东京东青山实践女校附设师范班。那时她已经四十三岁，与秋瑾同居一室。秋瑾对她照料很周到，遇到劳动的事情，总是抢先代做，尽力而为，不让曾祖母操心费力。曾祖母也多次向祖父谈及，秋瑾在学校顽强苦学，毅力惊人。每晚做过功课，人家都已熄灯就寝，她仍阅读、写作到深夜。每每写到沉痛处，捶胸痛哭，愤不欲生。直至曾祖母再三劝导，方才停笔。

后来秋瑾回到湘潭王家探视子女，并告其夫说，我已以身许国，今后难再聚首，君可另择佳偶，以为内助。居住几天，即行返浙。秋瑾回湘潭，往返经过长沙，都住在通泰街忠信园祖父的家里。其时曾祖母已经回国，在周南女校教书。祖父六岁的侄女孟明（伯祖父王时润之女），看见她穿的长袍马褂，一派男装，称之为"秋伯伯"。

秋瑾的就义，也更加坚定了祖父反抗暴政、推翻封建统治的决心和信念。一九一一年武昌起义爆发前夕，年仅二十六岁的祖父毅然回国，在上海策动了海军舰队的起义。祖父面对当时的"上海临时总司令"李燮和慷慨陈词：海军不起义，上海光复的成果就不能保证，烈士们的鲜血就可能白流！

研究中国近代海军史的黄海贝女士在《王时泽与辛亥前后的中国海军》一文中对祖父做出了很高的评价（载二〇〇八年第四期《传记文学》）："王时泽策动驻沪海军起义成功，不但改变了上海的革命形势，而且对清王朝的海军舰队产生巨大影响。此后，镇江、南京和武汉的海军先后效法驻沪海军，宣布易帜，投身革命。这一连串的起义打击了清王朝的气焰，彻底改变了长江沿线的形势。论说起来,王时泽策动的上海海军起义真是首功不可埋没。"

一九一二年秋瑾就义五周年之际,祖父曾在长沙出版《秋女烈士遗稿》,并为之写序。此版本如今已极罕见,坊间有人将其称为"长沙本"。汨罗藏书人陈吉于二〇一五年曾撰《湖南汨罗市发现民国元年长沙版〈秋女烈士遗稿〉》一文,若所述史料属实的话,《秋女烈士遗稿》现今存世仅三册。

祖父后来著文回忆,"民国元年,烈士之子王沅德与湖南各界人士谋在长沙立秋女烈士祠,并发起追悼会,公推余经办其事","我除主持建祠事宜外,并将辛亥前陶成章在东京交给我保存的烈士诗词手稿编为一集,以长沙秋瑾烈士纪念委员会名义出版,题名为《秋女烈士遗稿》",并为此书写序《秋女烈士瑾传》,称誉秋瑾:"洵可谓革命巨擘,巾帼英雄。虽法之罗兰夫人,俄之苏菲亚,又何以复加哉!"

我在《书屋》做编辑时,也曾在二〇〇〇年第七期上刊登了株洲谢文耀先生所写《得而复失的〈秋瑾集〉长沙本》一文,此文也详细记载了《秋女烈士遗稿》出版的情况,并多处提到祖父。文中还具体说明《秋女烈士遗稿》刊行于一九一二年(民国元年,壬子),版权页上署有"长沙秋女烈士追悼会筹备处发行,长沙南阳街振华机器印刷局排印"等字样。这样看来,南阳街的确早在清末民初时即为一条以书局、印刷局为特色的老街了。

另据北大中文系夏晓虹教授撰写的《王时泽与〈秋女烈士遗稿〉》一文披露：一九一二年七月十九日（阴历六月六日），为秋瑾就义五周年纪念日。此前，浙江与湖南两省已开始为秋瑾灵榇安葬何方发生激烈争执，背后则隐含着对民国革命史政治资本的争夺。在此背景下，民国肇建后，首次在长沙举行的秋瑾追悼会于是格外隆重盛大。会场设在秋女烈士祠，现场实况，各报多有记载。综合《申报》与《民立报》通讯可知：

长沙各界于七月十九日上午十时开追悼秋女士大会。自八时起，祠前街道已拥挤异常。来宾均持入场券，换白花一朵而入。既入，男宾就左席，女宾就右席。祠中栏杆、楹柱，均扎松叶缀以彩花，匾额、挽词悬满堂壁。来宾约三千人，而以女宾为尤夥。有顷，军乐队导女士神主入祠，极为整肃。安主毕，即继续开会。由公推临时会长王时泽君报告开会次序：首，军乐队奏乐；次，鼓风琴，男女宾合唱《悲秋词》；次，来宾及发起人行三鞠躬礼，均由女士子王沅德答谢；次，体育会会员开跳舞会；次，某君演说女士之历史；次，王君沅德致词，谢各界诸君光顾之盛心，遂复奏军乐。散会以后，男宾发起人及代表，女宾招待员及代表，各摄影以志纪念。

追悼大会正厅内亦悬挂有祖父所撰挽联：

秋雨秋风女豪杰为国殉难
新元新纪革命党立庙昭忠

最后一个节目则是"散会后有事务所办事人发《秋女烈士遗稿》，为纪念品，各来宾争取一空"。由此可以知晓，长沙追悼会的主持人正是祖父王时泽，《秋女烈士遗稿》亦是作为此会的纪念品而编印、散发。祖父之得以被公推为秋女烈士追悼会临时主席，自然是因其为秋瑾在湖南的知交。

一九五五年，秋瑾之子王沅德病危，临终前将秋瑾遗照数帧及《秋女烈士遗稿》一本托付给祖父保存，以为纪念。祖父随即转赠湖南省博物馆。现在看到的一些秋瑾遗照即来自于此。秋瑾在赠女友徐寄尘诗中，有"惺惺相惜两心知，得一知音死不辞"句，我以为祖父跟秋瑾的友谊同样达到了这一境界。

至于祖父在青岛的历史，则只能依据有限的资料，勾勒出一个大致轮廓。无意间在网上发现被拍卖的这张照片，所以尤显珍贵。凑巧的是，不久前青岛友人李洁又从微信上转发给我一张照片。据他说，这张照片摄于上世纪三十年代的青岛崂山北九水。上面五个人，从左至右为宋美龄、孔祥熙、沈鸿烈，第四者不知何人，但第五人身着军服，蓄八字胡，他问是不是我祖父。我看着有些像，但不能确认。随即李洁又转发来一条微信，说照片中确认第四人叫邢契莘，时为青岛市工务局局长，最右者即是祖父王时泽，时为青岛市公安局局长。

从北洋政府至民国政府时期，祖父曾辗转于国内多个城市担任不同公职。尤以在哈尔滨任东北航务局局长兼商船学校校长的时间为久。但就我而言，值得特别纪念的是青岛。因为我的父母是在青岛结的婚。

青岛在民国时期为特别行政市，相当于现在的直辖市。祖父于上世纪三十年代初起，先任青岛海军学校校长，后又任青岛市公安局局长，均系当时青岛市市长沈鸿烈推荐的。祖父与沈是在日本学海军时的同学，也是至交。沈鸿烈对祖父多有提携。更早之前祖父在哈尔滨的任职，也是为时任东北海军总司令的沈鸿烈所荐。并且，沈亦是父母在青岛结婚时的主婚人。

我家原来有好几本老照片簿，里头就有一张父母结婚时的大照片。父亲西装革履手持礼帽，母亲一袭洁白的拖地婚纱，两边还有男女傧相和男女花童，好不气派。作为主婚人的沈鸿烈与祖父，应在其中。直至"文革"初期，照片簿遭红卫兵悉数抄去，我们居然都以为这些东西属于地道的"封资修"，抄了就抄了，无所谓。

在被抄去的相册里，就有不少父母在青岛时的照片，那恐怕是他们一生中最为难忘的幸福时光。并且小时候我在相册里就知道了,青岛有大海,有崂山,有教堂,有总督府,有漂亮的德国人建的别墅。祖父及家人即住在八大关的一幢别墅内。

年轻时父亲喜欢照相,还喜欢在影集上题些或长或短的句子。记得在给母亲拍的一张照片下就题道:"待鸟儿的歌曲唱尽,大海也停止了翻波,我的思念也许到那时才会停止,停止在永恒的幽默里。"不知这是他自己写的,还是抄录了哪位诗人的。但另有两句"使生如夏花之绚烂,死如秋叶之静美",后来知道是出自泰戈尔的《飞鸟集》。

幸亏"文革"结束后,父亲单位又退还了极少部分残存的照片,其中居然包括几张父母在青岛时的留影,堪称劫后余生吧。只是可惜,小时候印象深的无一张在里面。

因青岛友人微信发来祖父与沈鸿烈、孔祥熙、宋美龄等人的合影,令我产生了想去青岛怀旧的心思,同时想请青岛诸友帮忙找找,看还有不有祖父在青岛时期的一些资料。尽管希望渺茫,毕竟已是八十多年前的历史了。未料还不虚此行。青岛的友人大海捞针一般,竟然找到了若干件祖父当年的资料。

如民国十二年(一九二三)的《海事杂志》第一卷第六期上,刊载了祖父任东北商船学校校长时在开学典礼上的报告,开头云:

> 今日为本校补行开学典礼之日蒙上将军特派宋处长莅

校并承张长官及来宾诸公惠临实为本校之光荣时泽代表
全校员生敬谨致谢并将本校经过情形及教育方针报告如
次……

此报告中所提"上将军"应为张作霖，而"张长官"则应
为张学良吧。

然而"九·一八事变"后，日本出兵东三省，一九三二年
二月哈尔滨沦陷。日本人要求祖父继续担任东北联合航务局总
经理，被祖父拒绝。于是日军先派宪兵至航务局将其监视，旋
又派南满铁道职员岛一郎等人至航务局，诡称仓促派宪兵系保
护性质，今奉令请其继续任职，同时出任航运局长，待遇较前
增加十倍，并提供其他一些优越的工作条件。且软硬兼施："如
不同意即是反抗，军部当予以断然处置。"面对日军的威胁利诱，
祖父以家小均在南方，欲回乡探亲为由，进行拖延。于是年农
历元宵节，趁大街上民众燃放花灯之际，祖父只身潜逃出哈尔
滨，径赴青岛。一九三二年五月，祖父由沈鸿烈推荐，被张学
良派任青岛海军学校校长。趁此机会，祖父也尽力收容了不少
"九·一八事变"后，被迫流亡关外的原东北商船学校学生。

又，据《王时泽与辛亥革命前后的中国海军》一文披露，
青岛海军学校分设驾驶、轮机、测量等课程，先后培养了航海
生二百余人，轮机生一百余人，多种水兵一千余人。有的人后

来成为新中国的海军骨干,而祖父的学生马纪壮、宋长治等到台湾后,曾分别担任过台湾"海军总司令"与"总统府秘书长"。

再,资料中还有从青岛市档案馆找到的一份任命书,由时任国民政府行政院院长汪兆铭签署,颇有意思,兹摘录于下:

行政院训令　字第四二八六号

现今本院第一二五次会议,决议:"任命王时泽为青岛市公安局长。"除电知沈市长外,合行会仰该员即便先行任职,一面填具资格审查表,连同证件呈院,以凭转呈国民政府发交铨叙部审查合格后,明令任命。

此令。

中华民国二十二年九月十二日

院长　汪兆铭

同月十六日,上海《申报》便登载了祖父出任青岛市公安局局长的消息:

青岛公安局长就职

青岛公安局长王时泽十六晨八时就职,并召全局职员训话,略谓凡有益于地方之举,决极力迈进,望各安心服务。

(十六日专电)

《申报》还于一九四七年刊载了有关葫芦岛商船学校校长的报道，以及祖父给《青岛警察沿革》一书所写的序言等资料。尤其有意思的是，在找到的若干资料当中，还有祖父当年给东北商船学校学生曹占荣开具的一张遗失证明。原文如下：

证明书

　　为证明事查曹占荣现年二十四岁河北清苑县人于民国十六年七月考入哈尔滨东北商船学校轮机班肄业至二十年三月期满毕业该生应领之毕业证书确经本员在东北商船学校校长任内亲手发讫兹据该生函称占荣之东北商船学校轮机班毕业证书因九一八事变遗失在哈尔滨恳请证明等情前来经查明属实相应缮发证明书一纸俾资收执此证

前任东北商船学校校长
现任青岛市公安局局长王时泽
中华民国二十三年十一月

　　证明书并钤有王时泽私印及青岛市公安局大印各一。
　　这张遗失证明，再次印证了祖父对他的下属及学生一贯关爱有加。在担任哈尔滨商船学校校长期间，祖父曾聘请了一位叫冯仲云的数学老师。王时泽在得知冯是中共地下党员时，仍一直对他进行了保护。祖父认为冯仲云会教书，且为人正派，不会干坏事。在冯仲云的影响和培养下，商船学校不少学生加入了中共，其中就有后来成为抗联骨干的驾驶甲班学生傅天飞，以及后来成为第三国际情报员、著名作家的驾驶丙班学生舒群。

《王时泽与辛亥革命前后的中国海军》一文亦记载，当时日伪政权在哈尔滨大肆搜捕共产党人，傅天飞也被列入了黑名单。祖父闻讯后，即把傅天飞叫来，开门见山对他说，如果你是中共地下党员，就赶快逃走，如果不是，你就坦然留下。傅天飞迟疑片刻，说，我没有盘缠。祖父当然明白其意，马上送给他一笔路费，帮助他逃离了哈尔滨。

傅天飞后来追随杨靖宇将军，加入了东北最早的抗日武装——磐石游击队，于一九三八年三月壮烈牺牲。现代作家萧军的抗战名著《八月的乡村》，其主要素材便是来源于傅天飞在磐石游击队的亲身经历。傅天飞在青岛时，通过舒群的介绍，将其酝酿已久的"腹稿"向萧军生动讲述了一天一夜。其时，萧红也在一边听得入神，竟然忘了厨房里还在煎饼，结果烧得满屋是烟。或许可以这样说，没有傅天飞，就没有萧军《八月的乡村》。

晚年的舒群也著文回忆过，当年商船学校虽是官费，可以养活自己，但养不了他的穷家。直到祖父帮助他去航务局做俄文翻译，家境才有所好转。但未料几年后舒群在哈尔滨也陷入险境，被迫南下逃亡。他首先选择各种势力并存的青岛作为暂栖地，主要就因为当年的校长其时已在青岛任公安局局长，而原东北海军司令沈鸿烈担任青岛市市长。他们的旧部也有不少人在这里，相对安全。

然而由于当时山东的中共地下组织受到严重破坏，舒群和地下党青岛市委书记高嵩还是被捕。据了解，当时蒋介石钦定了三个"要犯"——高嵩、倪鲁平和倪清华（舒群的妻子），要求将他们三人押解到南京陆军监狱。但最后却是倪家兄妹被解往济南监狱，而高嵩和舒群在祖父及沈鸿烈的多方奔走干预下，被留在了青岛监狱。且关押条件较好，还可以看书与写作，舒群因之在狱中创作了他的成名小说《没有祖国的孩子》。其间祖父还亲自探监，给舒群送去衣物。最后在祖父与沈鸿烈的斡旋下，舒群终于得以获释。

舒群出狱后到了上海，不仅很快找到了萧军和萧红，还在周扬的帮助下恢复了中共的组织关系。并且凭借《没有祖国的孩子》问鼎上海文坛并引起轰动，从而完成了从第三国际情报员到左翼作家的角色转换。

祖父任公安局局长数年期间，青岛日本侨民颇多，浪人尤其屡挑事端，与中国官民相冲突。可是当时青岛没有中国驻军，祖父曾回忆道，"防范责任均在警察，其间所经艰苦，非笔墨所能尽述"。一九三六年十一月，日方因青岛日本纱厂工人罢工提出抗议，要求公安局进行镇压，身为公安局局长的祖父却同情和偏袒工人，且出于民族气节，未按日方意图处分工人，招致日方不满。同年十二月三日拂晓，日海军陆战队一千余人武装登陆，逮捕中国工人，并包围捣毁有排日嫌疑的青岛党政机构，且向南京政府外交部提出照会，祖父因此被迫辞职。

一九三八年，沈鸿烈当上了山东省主席，再任祖父为山东临时行辕主任。这个职务并未经国民政府正式任命，只能算是沈氏幕僚。但身处抗战之际，祖父并不计私利，继续奔走国是。至一九四〇年后，祖父终于脱离政界，携全家避居湖南湘西边城凤凰。但即便暂寄于宁静的青山绿水之间，仍"自'九·一八'后刻刻未忘东北"。抗战胜利后，祖父又重新出山。先是国民政府派任在辽宁葫芦岛恢复的东北商船学校任校长，后又派任东北航政局专门委员、局长，直至一九四八年卸职归乡。

一九五一年，年逾花甲的祖父被聘为湖南省文史馆馆员。记得阎幼甫先生在《辛亥革命湖南光复的记忆》一文中说，辛亥革命前，湖南的革命团体和革命志士很多，但民国建立之后他们不谈往事，既不居功，也不要名。乃至中华民国临时政府稽勋局局长冯自由想表彰功臣却找不着受勋的人。

祖父也是这样的人。他晚年与我们全家住在一起。小时候，我见过他跟黄兴之子黄一欧的交往，但极少听他谈过辛亥及民国时期的往事。这种状况直到上世纪五十年代末才有所改变。一九五九年，政府有关部门提出要广泛征集民国时期的文史资料，从那时起，在湖南省文史馆任职的毛居青先生便经常来家造访祖父。毛先生是一位饱学之士，曾经担任过湖南省省长程潜的秘书，协助黄一欧编写过《黄兴年谱》。当祖父向毛居青讲述他过去的经历时，毛居青连声说，这很有史料价值，这很有史料价值！以前从不轻言个人历史的祖父幽默地说，原来我一肚子都是屎（史）呀！

一九六二年正月初九清晨，祖父因突发脑溢血，在倒脱靴十号逝世，享年七十六岁。

倒脱靴故事

谭延闿日记中的祖父

黄兴虽年长祖父十几岁,但他们的私交很好,加之都是长沙老乡。直至我小时候在倒脱靴,还多次见过黄兴的儿子黄一欧来看祖父。记得祖父问过我,知道他是谁不?我说不知道。祖父说,他是黄兴的儿子。我仍说不知道,只知道黄兴南路。将他们两人逗得大笑。

祖父晚年，与我们一家都住在倒脱靴。

他去世那年，我也有十岁了。去世时的情形也记得清楚。当时祖父坐在一把破藤椅上写东西。我在他跟前无所事事，看着他写。又看见他写字手有些发抖，钢笔尖将纸戳破了。祖父便用剪刀在另纸上剪下一小块，用糨糊仔细糊在那个戳破的地方。不料身体突然一歪，从藤椅上滑到地下，当即不省人事。那支硕大的老式黑杆钢笔亦几乎同时坠落，如一支箭，斜插在木地板上。

后来知道，祖父去世前正在写的那篇东西，乃是与汤芗铭有关的回忆。少时的我对于汤芗铭乃何许人也，当然一无所知。直至早些年清旧书，发现父亲保留的一本《湖南文史资料选辑》（第十五辑），上面登载了祖父写的《汤芗铭事迹片段》，才对汤氏其人大致有了些了解。但看完后并未引起对汤氏的什么兴趣，内容亦大多淡忘。当然此人口碑不佳，读祖父文章还有点印象。虽然祖父曾与汤芗铭同为北洋海军中人,后来还与汤共过事,但用现在的话来讲却是"三观"不同,很快就分道扬镳了。

虽说在中国近现代史上,汤芗铭应当算得上一个有影响的人物。

但现在所以想写写祖父与汤芗铭,尤其还将谭延闿联系起来,却纯粹出于偶然跟凑巧,也觉得有意思,值得写一写。

曾经,我对锺叔河先生提及过祖父王时泽。因他的父亲与我的祖父同为湖南省文史馆馆员。锺先生说,他们都是上世纪五十年代初进入文史馆的,很可能彼此都认得。还将一本《湖南文史馆馆员传略》翻给我看过。这一翻,居然又发现我的伯祖父王启湘的名字。这是我以前并不知道的。当即上"孔夫子旧书网"买了一本。不料早几天,锺先生忽然打电话问我,祖父王时泽是不是又叫王泽生。我说是呀。锺先生便说他猜想也是。又说他正在看《谭延闿日记》,蛮有味道。且发现在一九一三年十月的日记中,有两天提到了祖父。不过前面写的是王时泽,后面写的是王泽生。

对于谭延闿,我熟悉的程度至少要多于汤芗铭。因谭是湖南人,北洋时期做过湖南的都督,最终还做过民国政府的行政院长。字尤其写得好,近些年谭家菜更是有名,我都吃过若干回。于是来了兴趣,隔日便去锺先生家一窥究竟。

钟先生手头的《谭延闿日记》有十卷，为打印本，厚厚的一大摞，是朋友借给他看的，国内某家出版社正在整理，尚未正式出版。钟先生读得兴致很浓，尤其对日记中谈吃的部分津津乐道，还说据此可专门写一篇关于谭氏谈吃的文章。又说如今流行的谭氏菜谱似乎并不靠谱，因日记里头毫无记载。何况谭氏虽然既好吃又能吃，但并不讲究，连发臭的肉包子也照吃不误，绝非食不厌精者。这是题外话。

翻阅谭延闿的日记中提及祖父的地方，便与汤芗铭有关。

其一（摘录）：

> 十月三日
> 九时起。饭后，杨缉纯者，年十三，湘阴人，以所书联求助学费，颇不似童子书，呼来面试，果其亲笔，……天姿不弱，乃奖谕之，助以卅元。……还，见邓希禹、夏寿履、陈兆璇、王时泽、沈鸿烈、李毓麐（复皆）、方念祖来，汤伍之先锋也。

此则日记开始说上午有位年仅十三岁的小孩，写了副对联找上门来，以此求助学费。谭延闿觉得不像小孩写的，要其当面再写，果然颇具天赋，便给了那小孩三十块光洋。接下来话题转了，提到王时泽、沈鸿烈等人来访，并说系"汤伍之先锋也"。

其二（摘录）：

二十九日，十二时，以都督、民政长两印派梁副官长捧往新督行辕，于是吾之湖南责任遂脱关系。……伍镇守使亦来，坚请登江犀兵舰，乃坐舢板至江犀。……吴家琥来，言已设席舰上层，乃邀汤督代表王泽生上校、刘中校、舰长杜幼三中校同饭。……七时，王泽生代表汤督设席饯行，王能饮，饮勃兰地，谈谦甚欢，不觉大醉。

这两处日记中所言之"汤"及"新督""汤督"，即汤芗铭也。一九一三年，袁世凯授命汤芗铭为湖南新都督，逼走原都督谭延闿。从谭氏日记的简要记载中可看出，祖父应为汤芗铭派往长沙与谭延闿会谈，劝其退位并交出都督印信，且要求其即早离开湖南的首要代表。这便促使我回家又翻出祖父写的《汤芗铭事迹片段》一文，再看了一遍。果然，此事得到了印证。不过文中也明显看出来，祖父虽说替汤芗铭尽了力，用谭延闿日记中所言曾为"汤之先锋"，但与汤氏最终并非同路人。

祖父在文章中写道：

一九一三年袁世凯派汤芗铭率海军舰队会攻九江，汤拟邀我同行，我以不愿参加内战辞之，并谓："如有调停的机会，尚可效劳。"及南京、江西失败后，湖南取消独立，汤芗铭率海军舰队开往岳州，并被派为查办副使。汤芗铭电告北京："对于湘事将尽调停责任。"并要我前往协助，于是我即往岳州，在永翔军舰与汤见面。汤对黄克强先生极力推崇，深表知遇之感。他当时对我说："湖南为黄公的故乡，现在虽已取消独立，而问题尚多，甚愿尽我个人之力，和平解决，免受战祸，以报黄公。对于此次独立有关的人员，当尽力保全。希望你和李静代表我先往长沙，与谭组庵作初步接洽。"

如上所述，祖父不愿参加内战，但愿意为"调停效劳"。所以后来汤芗铭愿意"和平解决"湘事，并请祖父作为与谭延闿"调停"的代表，祖父便答应了。这样，在《谭延闿日记》的日记中才有所记载。

有意思的是，即便在祖父文中可以看出汤芗铭对黄兴"极力推崇，深表知遇之感"，然而黄兴对汤芗铭的评价却截然不同。祖父文中写道：

十一月，各舰开至南京。李静、叶匡介绍汤与我和留日海军同学晤面，极力称道汤在九江运动海军反正的功绩和其人品学识。南京临时政府酝酿成立之时，留日海军学生数十人联名向黄克强上书，请求任命汤芗铭为海军部总长兼海军总司令。其后，李静等要我往见黄公，转陈各人之希望。黄公谓："汤氏兄弟（指汤芗铭和汤化龙）都是靠不住的。"……黄公对汤的批评，我当时尚疑信参半，及第二次革命失败后，始服黄公论人，确有先见之明。

现在想来，其时祖父不过二十七八岁。知人论事难免浅显。不过黄兴虽年长祖父十几岁，但他们的私交很好，加之都是长沙老乡。直到我小的时候，还多次见过黄兴的儿子黄一欧来看祖父。记得最初祖父对我说过，知道他是谁不？我说不知道。祖父说，他是黄兴的儿子。我仍说不知道，只知道黄兴南路。将他们两人逗得大笑。

又据祖父文中记述，汤芗铭入湘后，最初还是采取了一些怀柔手段。譬如对于原任人员，一律慰留，自称是"代组庵办理善后"。且并未严格执行袁世凯的指令，尤其保全了几位"乱党"。其中龙璋为祖父好友，祖父得信后，即告之龙璋，要他避开。不料龙璋说他手头事太多，实不能离身，托祖父代他向汤都督疏通。祖父乃据情转达，并力赞龙璋为人急公好义等等。汤便要祖父引龙璋与之见面。晤谈之后，他对祖父说，看龙璋的样子，实在安不上"乱党"的名称。可要他放心，我一定保全他。

当时有一部分湖南人和共和党人，对于汤氏的做法甚为不满，常有联名控告同盟会中人和谭延闿任上的军政人员者，还有人写匿名信说汤对"乱党"太放任，要往北京控告。此种风声传至北京，汤氏其兄汤化龙深恐其弟的位置难保，特派胡瑞麟来湘，告以"袁世凯对湖南党人要严办，汤氏的办法非改变不可"。

面对湖南错综复杂的局面，汤芗铭亦颇多感慨。他对祖父说，我们海军军人，脑筋简单，始终只知拿一副面孔向人，不及他们政客能拿出几副面孔，临机应变。

直至胡瑞麟对汤芗铭软硬兼施，令汤氏彻底妥协，祖父便完全失望了。他在《汤芗铭事迹片段》一文中最后写道：

> 我见汤氏受胡瑞麟的煽惑，违背初衷，以逢迎袁世凯之恶，已不可再与之相处，乃决然向汤告辞，他仍慰留我自择一相当职务，为彼帮忙。我乃进一步劝他辞职，使湖南人得谅他的苦衷，以留去后之思。汤乃假意称同意，不再留我了。

我对中国的近现代历史是门外汉，因为写此文临时抱佛脚，又找了一些汤芗铭的相关资料看。于是知道了汤氏其个性、经历及所作所为颇为矛盾而复杂，后人贬多于褒，均各据理由。

他在湖南任都督不过三年，为效忠袁世凯，最终对革命党人大开杀戒（尽管杀的多是地痞流氓），人称"汤屠夫"。不过早年毛泽东曾对汤芗铭大为欣赏，他于一九一六年七月十八日给同学萧子升的信中说：

> 汤在此三年，以严刑峻法治，一洗以前鸱张暴戾之气，而镇静辑睦之，秩序整肃，几复承平之旧。其治军也，严而有纪，虽袁氏厄之，而能暗计扩张，及于独立，数在万五千以外，用能内固省城，外御岳鄂，旁顾各县，而属之镇守使者不与焉，非甚明干能至是乎？任张树勋为警察长，长沙一埠道不拾遗，鸡犬无惊，布政之饬冠于各省，询之武汉来者，皆言不及湖南百一也。

并且三年之后的汤芗铭又审时度势，随机应变，翻脸反袁。与袁世凯的亲信陈树藩、陈宦先后宣布独立，并敦促其放弃帝位。湖南为西南五省门户，湖南一失，中原无以屏障，所以汤芗铭的反袁通电最致命。重病之中的袁世凯遭此沉重的精神打击，无疑加速了他的死亡，随即于一九一六年六月六日去世。故时人有"催命二陈汤"之说。

令人不无感慨的是，五十年后的一九六六年八月六日，隐居北京一心向佛的汤芗铭，以八十二岁的高龄径自邮寄信函给毛泽东，以"恭赠主席诗数首"表示心迹。摘录一首如下：

  赞主席　七律一首

  大学新民楚水滨，褴褛筚路启山林。工农独创红军局，思想深嵌赤子心。七亿舜尧欣向日，百千方国庆回春。英雄勋烈圣贤业，震古烁今第一人。

应该可以推测，五十年前，汤芗铭恐怕不会见到毛泽东对他的评价，而五十年后，毛泽东更无可能见到汤芗铭献给他的颂诗吧。

而谭延闿在不同的政治情势之下，先是宣布湖南独立，但不久又取消了独立。据说谭氏在致徐世昌的密电中有这样一段话：湖南独立，水到渠成，延闿不任其咎；湖南取消独立，瓜熟蒂落，延闿不居其功。这多少表明了他的两面态度。取消独立之后，谭延闿还想恋栈，袁世凯当然不会相信他，并且为了将北洋势力扩充到湖南，改派了汤芗铭督湘。谭延闿被逼离开湖南去了青岛，再去上海，后来竟然入京向袁世凯请罪。

是非成败转头空。不过如今重读祖父所写的《汤芗铭事迹片段》，再比照《谭延闿日记》的有关记载，倒可看出北洋时期（亦似可推及至民国），政坛各派大佬的争斗尽管有时你死我活，但有时亦颇有人情味与书生气，即便可以认为是虚伪——

但总比一味取人性命要好一些吧。

譬如，汤芗铭居然置大总统袁世凯的通缉令于不顾。二次革命失败后，袁世凯将龙璋、谭人凤、周震麟、唐蟒称之为湖南"四凶"，是他必杀之人（后来长沙人将四人称为"龙、凤、麟、蛇"）。但汤芗铭却故意将消息透漏，有意保全了几位将要拿办的所谓"乱党"，包括请祖父约见的"乱党"之一龙璋。

又，谭延闿尽管几乎是被强迫乘坐江犀号兵舰离开湖南的，但汤芗铭仍为他在舰上配备了专用厨师，可设席宴请客人。谭延闿且与"汤督代表"我的祖父"王泽生上校"豪饮"勃兰地"，"谈谑甚欢"，乃至"不觉大醉"，"亦平生第一次也"。

再，谭延闿在十一月十七日的日记里写道："得汤督电赠二千元，复电辞之。"给钱不要，居然退掉，也可见谭氏之书生意气。

当然，享受种种优待的前提是，无论如何，官要做得尽可能大。可以佐证的是，在同一天日记中，谭延闿写道："梅植根来自湘，知幼恂、性恂、晋藩皆于十五日枪毙，为之凄绝。"

上述三人，即是谭延闿政府中的湖南"三司（厅）长"，皆死于汤芗铭之手。

234　倒脱靴故事

伯祖父一家

我听说过当年伯祖父的一桩轶事。说他们兄弟俩同在日本留学时，有次祖父硬拖着哥哥去参加一次留学生聚会，主持者乃梁启超。梁氏听人说过伯祖父博闻强记，便提了几个法学方面生僻且刁钻的问题，说是请教，其实是想叫他难堪。不料伯祖父镇定自若，引经据典，将答案倒背如流，令梁启超大为折服。

我的伯祖父，是我祖父同父异母的哥哥。小时候见过（大概六七岁吧），印象不深了，只记得那时候他已经中了风，整天躺在床上，由伯奶奶跟三伯奶奶轮流侍候着。

这样一说，谁都便可推测我的伯祖父可能有三个老婆。

没错，他是有过三个老婆。但"伯奶奶"这个称谓有些语焉不详。她究竟是大伯奶奶，还是二伯奶奶呢？这个我们都知道，伯奶奶就是二伯奶奶。大伯奶奶我们从没见过，她去世得早，二伯奶奶便俨然成了正房。她不乐意别人再叫她二伯奶奶。但改叫她大伯奶奶，毕竟也不合适。因此，不知从何时起，也不知是谁的意思，我们都叫她伯奶奶了。

但三伯奶奶并未顺理成章成为二伯奶奶，我们一直叫她作三伯奶奶。至于为什么，从没问过。我们对此没有兴趣，小孩子才不管这些事呢。

我只见过大伯奶奶唯一的女儿。一个高度近视眼，毕业于周南女中，我们叫她作表姑妈。那时恐怕有四十好几了，后来在倒脱靴也住过几年。

伯祖父不太喜欢表姑妈。因为他想先有个儿子。结果大伯奶奶来不及再生个儿子,自己却先死了。慢慢地,表姑妈长大了。她喜欢读书,还会作诗填词,却有个败相。与人说话,还没开口,鼻子却先一"吭"一"吭"的,眼睛还一眨一眨。伯祖父尤其不喜欢。哪怕《唐诗三百首》可以背出来两百首也不算数。

所以伯奶奶也跟着有些嫌弃表姑妈。

伯祖父那时住在长沙北门外潮宗街的当铺巷子里,自己有一栋陈年老屋。"文夕大火"居然幸免于难,可算个奇迹。事后有人分析,乃风火墙砌得高的缘故,似乎有几分道理。至于当铺巷子里有不有当铺,我已毫无印象,但这栋老屋子的大致格局还记得清楚,因为父母带我们去的次数较多。房间都是木板壁,呈烟褐色。大门不宽,进去要上几级台阶,又下几级台阶。然后是一个长方形的天井,有环形走廊将四周连接起来。天井两厢的左首有三间房,一间是伯祖父的书房,一间是伯祖父的卧室,还有一间做的什么用,不知道。右首是堂屋,堂屋两侧各有一明一暗两间正房。伯奶奶与三伯奶奶各占一边。现在想起来,真有点分庭抗礼的意思。堂屋正面右侧有张小门,通厨房,厨房后面还有个小天井,且里面果真有一口井。伯奶奶后面的那间房也有张门可以通厨房和天井。

最有特点的是那口大水缸,嵌在厨房朝天井的那堵墙中间,一半在屋外一半在屋内。这样从井里扯上来的水，转身便可直接倒进水缸，不必费力提进厨房里去。

三伯奶奶后面那间房却不能通天井，没有门，只开了扇小窗户。

这多少显现了伯奶奶与三伯奶奶地位的差异吧。

忘了说了，堂屋挨正面墙壁还有一个既宽且高的神龛，分好几层。中间有个慈眉善目的大菩萨。除此外，每层都有一排小门，每个里头都装了一尊小菩萨，样子却很凶恶，雕得活灵活现。

有一回，我搭张板凳偷偷爬上去，拿出来两尊小菩萨在地上玩，遭伯奶奶发现，逼着我对神龛磕了两个响头。

伯祖父的名字叫王时润，祖父的名字叫王时泽。合起来则是"润泽"二字，看来我的曾祖父还会起名字。但曾祖父本人叫什么名字，我哪里还记得。只见过祖父晚年在他的一份简历里提及过，曾祖父去过四川打箭炉（即现今康定）游幕多年，从湖南走着去的，"脚都走肿"。以至只好走走停停，中间还在哪里教了大半年蒙馆，赚了些许盘缠。这样想来，曾祖父先前恐怕也是个不得志的穷秀才罢。

打箭炉，这个地名无端引起我好多遐想。

但是伯祖父读书总算是读出来了。他真的很会读书，记性尤其好。他与祖父都在日本留过学。祖父先后在东京商船学校、横须贺海军炮术学校学海军，是个热血青年，参加了同盟会，意图推翻满清，还跟秋瑾结为姐弟。伯祖父与其弟不同，他就读于东京法政大学，攻读法学，有书呆子气。只顾埋头做学问，不关心时政。我听说过当年伯祖父的一桩轶事。说他们兄弟俩同在日本留学时，有次祖父硬拖着哥哥去参加一次留学生聚会，主持者乃梁启超。梁氏听人说过伯祖父博闻强记，便提了几个法学方面生僻且刁钻的问题，说是请教，其实是想叫他难堪。不料伯祖父镇定自若，引经据典，将答案倒背如流，令梁启超大为折服。

伯祖父回国后做过不少事情。当过检察官和法官什么的，在南京民国法政大学、江苏法政大学、清华大学教过法律，最后做了湖南大学的法学系教授，与中文系主任杨树达交情颇深。四九年后，杨树达任湖南省文史馆馆长，伯祖父是首批文史馆馆员。他的专业虽为法学，但对古代典籍的校勘、注疏等亦颇有研究。我在孔夫子旧书网上搜到了他的一本著作，上世纪五十年代中期由上海古籍出版社出版，叫《周秦名家三子校诠》，当然属于冷门得不能再冷门的书。不过其中公孙龙子的"白马非马论"还是听说过的。

我把这本书买回来了。八五品，原价三角四，现价二十元。翻了几页，无论如何也读不进去。

既然留过东洋，还学的法学，伯祖父应该算个新派人物吧，可是未见得。他非得想生个儿子（这恐怕也是他先后找了三个老婆的主要原因）。不孝有三，无后为大，在他眼里，所谓"后"，必定得是儿子，女儿算不得数的。他对自己唯一的女儿不无冷漠，便可佐证。以致后来，伯祖父竟然与伯奶奶达成默契，做出一桩颇为不堪的荒唐事来。这件事是多年后三伯奶奶当作私房话告诉我姑妈的（我父亲的姐姐），姑妈管不住嘴，于是我母亲又知道了。但幸而就此止步，仅家里少数几个人知晓，并未扩散到外头去。

先得说说伯奶奶。虽说伯祖父宠她，却有一块无法释怀的心病。与大伯奶奶比，伯奶奶连女儿也生不出。她索性没有生育能力。但这种事，谁又预先能够料想得到呢。伯祖父当时唯一能够确认的是，伯奶奶既年轻，又漂亮。可惜年轻漂亮当不得饭吃，没有生就是没有生。伯祖父徒唤奈何。幸亏伯奶奶自有手段，虽说也是大户人家出身，但上得厅堂下得厨房，将伯祖父及大伯奶奶侍候得一是一二是二。伯祖父原本在家里是个除了应酬就是看书，其他百事不管的人，加之耳朵根子又软，伯奶奶更将他哄得团团转。待大伯奶奶一死，这个家，实际上就由她操弄了。

那么三伯奶奶呢？三伯奶奶先前并不是三伯奶奶，只是伯祖父家里的一个未曾裹过脚的大脚丫头。人老实，做事不太麻利，加之一双大脚，也屡遭伯奶奶嫌弃，因为她自己拥有一双地道的三寸金莲。但三伯奶奶很会做鞋，鞋底尤其纳得好。且能纳出不少图案与花样，如二龙戏珠呀，丹凤朝阳呀之类。伯祖父只穿她做的鞋，说同升和的鞋都没有她做的鞋舒服。这个我相信，因为小时候去当铺巷子，还见过三伯奶奶纳鞋底。坐在一张竹靠背椅上，膝间卡一个两尺余高的A形木夹，将鞋底紧紧夹住，先用锥子钻一个眼，再将穿了麻线的针引进去，嗤啦嗤啦地扯，最后将麻线在锥柄上绕两圈，使劲勒紧。鞋底就是这样一针一针纳出来的，既细密又均匀。

但三伯奶奶从来不做裹脚女人穿的小鞋。伯奶奶曾经想要她做两双，她说不会做，其实未必。伯奶奶心里应当明白这不过是脱辞，却拿她没有办法。谁叫你嫌她那双大脚哩。

不过三伯奶奶除了那双大脚之外，竟慢慢出落至姑娘模样了。且与伯奶奶莲步轻移，弱不禁风之风格迥然不同，三伯奶奶的体态自然且健康。乃至年逾五十的伯祖父暗地里动了心思，想娶这个丫头，并不在意她那双大脚。只是一时不知如何开口。这好理解。《红楼梦》里头，大老爷贾赦想打丫头鸳鸯的主意尚且未遂，何况伯祖父呢。

但精明的伯奶奶哪里看不出来？与其被动，不如主动，伯奶奶索性打算成全此事。一则可以讨好伯祖父，二则自信有能力掌控三伯奶奶。于是某日，伯奶奶跟伯祖父挑明说了，当然正中伯祖父的下怀。便又去跟三伯奶奶说。不料好说歹说，这个三伯奶奶竟不肯从,还说想要回宁乡老家。伯奶奶倒有点急了。平时家里一应杂事加气力活,皆可支使三伯奶奶,若果真说走便走了,劳累的还是自己。

于是伯奶奶使了个计谋。她择个日子做了几样好吃的菜,先将伯祖父劝了个半醉,又将三伯奶奶赚进屋里(先前的三伯奶奶只能在厨房里吃饭),顺手将房门反锁了。这个暗示太过显然,伯祖父何尝不知。其时正是夏天傍晚,两个人都穿得少,加之酒能乱性,伯祖父二话不说,将"酒杯一搁,蒲扇一扔"(这是三伯奶奶的原话),竟然将三伯奶奶摁在了床上。谁知她还有几分气力,一边挣扎一边叫喊起来。伯奶奶在门外听见,有些慌了,索性一不做二不休,打开房门,径直奔到床前,死死摁住三伯奶奶的两条腿。伯祖父这才将她如此这般了。

固然,酒醒之后的伯祖父为自己的行径懊悔不已,却覆水难收,只能听之任之了。当然更不能责怪伯奶奶,要怪只能怪自己。

幸而三伯奶奶哭了一通,想想便就算了。原先说要回去,也就说说而已。十二岁从乡下到当铺巷子做丫头,已然习惯了这种谈不上好,也未见得坏的日子。且既然失了身,人就索性只好给他了。何况伯祖父是主人,先前待她毕竟不薄,从未给她过脸色。更没有什么老爷派头,得空还教她认几个字。

三伯奶奶原本是个文盲,后来识得几个字了,还是得感激伯祖父。我还听她神神叨叨背过《千字文》，"天地玄黄，宇宙洪荒，日月盈昃，辰宿列张"什么的。这《千字文》，当然也是伯祖父教她的。

生米就这样煮成了熟饭。一个比伯祖父小三十多岁的丫头便正式成了三伯奶奶。且伯奶奶还俨然以大房自居，为之操办了一番，当然场合谈不上有多么热闹。

现在回想起来，我的祖父与伯祖父亦有类似之处。祖父也娶了个二房，原本是老世伯郭先生家里的丫头，也是个大脚。这丫头身世很惨，三四岁时乡下发大水，家人全被冲散，生死不明。万幸自己坐在一只脚盆里逃过一劫（应该是父母情急之下将她放进去的吧），被人辗转卖了几次，最后被郭先生收养了，连姓甚名谁都不知道。直到成人，个子仍又矮又小，于是郭家人索性唤她叫"矮子"。但矮子做事却很伶俐，人也规矩，从不多嘴，也有几分姿色，倒惹人喜欢。后来郭先生将她送给了祖父。祖父得知身世，不忍将她再当作丫头，便收她做了妾。且以"矮子"的谐音替她取了个名，叫"蔼慈"，加上王姓，叫王蔼慈。"矮子"从此才有名有姓了，晚辈们管她叫作蔼婆。蔼婆跟祖父生了个女儿，即我父亲同父异母的妹妹，我的细姑妈。但祖父与伯祖父不同，思想开明得很，儿子女儿都喜欢，甚至更喜欢女儿。我的大姑妈年轻时找了个登徒子，很早便离了婚。祖父甚为怜惜，让人姑妈伴随他生活了几十年，直到他去世。

这个蔼婆,我们晚辈都喜欢她,且觉得祖父的名字取得真好,她确实是一位既和蔼、又慈祥的老人,小时候我们跟她比跟祖母还亲近。祖母去世得也早,是个大家闺秀,印象中却不苟言笑,家里人都有些怕她。多年后祖父去世,蔼婆便被细姑妈接走了,先居唐山,后居北京。晚年很幸福,女儿女婿孙子孙女都孝顺她,高龄九十五岁无疾而终。

所以虽说伯祖父与祖父都娶了个丫头做小的,我觉得性质还是有所不同。且这两位丫头后来的命运,也截然不同。我想,这就是所谓的命吧。

再说三伯奶奶,居然很快跟伯祖父生了个儿子出来。伯奶奶掐指一算,竟然就是那天晚上做的"好事"。便不无醋意地说,真是一只碰不得的鸡婆!但伯祖父不免大喜过望。虽然谈不上老年得子,毕竟也五十出头了呵。

伯祖父给儿子起了个名字,叫王仲通。伯祖父算是有学问的人,起名"仲通",肯定有讲究,只是我不知道罢了,就不必提它。但王仲通从小性格不好,很敏感,听不得一句重话。且不喜欢读书。伯祖父要他背古书,他死活不背。伯祖父很生气,举起戒尺要打。其实只是做样子,哪里舍得打?他竟然把书撕了。伯祖父终究奈他不何,只得顿足,说,孺子不可教也,孺子不可教也!

为什么会这样呢,没人说得出所以然。要知道,王仲通在家里可是备受宠爱的呀。伯祖父宠，生母三伯奶奶当然宠，伯奶奶呢，尽管看三伯奶奶不顺眼，可她宠王仲通，确乎也是真的，甚至比伯祖父、三伯奶奶更宠。有时伯祖父刚举起戒尺，她便一把夺走。有时三伯奶奶刚开口骂（当然是假骂），她必定将王仲通揽至身后，厉声制止，且说，莫以为你生了他就了不起！

所以人世间，总有些说不清道不明的事情。

王仲通也慢慢长大了，性格仍无什么变化。虽说不再像小时候那么任性，但仍然内向，沉默寡言。倒是喜欢看书了。却不是看古书，而是看新书。伯祖父也只能由他去。伯祖父这点倒开明。一屋子书，随他去看。

伯祖父家里的书确实多，而且门类杂。一屋子的书架重重叠叠摆满了，还有十几个箧箱笼子，也装得满满的。线装书多，铅印书也多。善本、珍本或许有，但不会多。伯祖父并无藏书癖好，买得来主要是读。

王仲通跟他同父异母的姐姐，即我的表姑妈，也不太讲话。尽管表姑妈经常让着他。表姑妈比他大十几岁，比三伯奶奶却小不了多少。二十岁时嫁给了一个大户人家子弟，姓朱，叫朱春江，据说是赫赫有名的朱家花园里的人。朱春江写得一手好毛笔字，喜欢读表姑妈做的诗。

至于朱镕基亦是朱家花园里的后人，这是数十年后外人才知晓的事情。

朱春江这里那里做了些事，后来做了山东东阿县的县长。此县盛产驴胶，表姑妈还寄回过长沙不少，且叮嘱伯祖父及三伯奶奶分些给众亲戚，却只字不提伯奶奶。多年后母亲忆及过此事，竟然在柜子深处还翻出一包，牛皮纸上头贴着一张已然发暗的红纸，赫然印着"东阿阿胶"几个老宋体字。母亲说这阿胶越存越好。我当时则想，再存也不能像这样存上几十年吧，谁还会吃它呢？

有人说表姑妈嫁得好，结果后来很糟糕。县长太太没当两年，县长大人却犯了桩命案。一日，朱县长正在蹲茅坑，外头忽然有个人影一闪。朱县长疑是"共匪"搞暗杀，鬼使神差，撅起屁股抬手一枪。旋即出去一看，地上躺着一个人，却是他的勤务兵，遭他一枪击中脑门。人命关天，这事态便严重了，且找不到可以推责的理由。不过我这位朱姑爹倒痛快，说事已至此，无力回天，任凭上司发落。并赔偿给家属一大笔钱。态度既然如此之好，又毕竟属于误杀，加之还有点人脉，上头并未严办，仅打算记大过一次，降职留用。但朱姑爹自己却引咎辞职了。

夫妇俩卷铺盖离开了东阿县衙，县长大人转眼之间成了一介布衣。幸而稍有家底，在聊城还置了处房产。便借此开了一家茶叶店，得过且过地过小日子，哪里晓得未过几年，朱姑爹因有一笔血债，被人民政府押解回了东阿，判处了死刑。

表姑妈在山东再无任何亲人，家产也遭全部籍没。仅有的儿子刚去天津读大学（后来见过两次，我们叫他小铁哥），她只得孑然一身回到长沙。结婚十几年，表姑妈如一只苍蝇满世界转了一圈，又原复回到潮宗街当铺巷子，跟伯祖父住在一起了。

其时应该是一九五一年吧。回到家里，表姑妈才听三伯奶奶说起，她的弟弟王仲通，四年前竟然不辞而别，离家出走了。走之前压了张纸条在伯祖父的书桌上，上面写着：

我不喜欢这个家，你们不要找我。

名都未留。

后来伯祖父多方托人打听，仅仅知道王仲通可能参加了国民党的青年军，但也不知具体下落。何况当时内战频仍，哪里找得到他的踪迹？

三伯奶奶边说边哭。还说，你父亲不肯让我告诉你。表姑妈听了，也哭了。她这才明白，这几年父亲为什么苍老得这般快。

我想，后来伯祖父中风，与此事也不无关系吧。所幸中风以后，伯奶奶跟三伯奶奶侍候得很不错。伯祖父个子高大，在床上瘫了五六年，翻个身还得靠两个人帮忙。但伯祖父病得干干净净，大小便一次也不曾拉在床上，更未生过褥疮，委实不容易。

大约是五八年还是五九年，伯祖父去世了，活了八十二岁。

操办丧事时，伯奶奶几乎把三伯奶奶撇在了一边。她打算尽可能办得热闹些，祖父也随她的意思。但无论如何亦有凄凉之处，伯祖父灵前无孝子。唯一的儿子王仲通出走多年杳无音信，乃至连披麻戴孝、捧灵牌子的人都没有一个。想到此处，伯奶奶便一把鼻涕一把眼泪大哭起来。我母亲只好边劝边说，表姑妈可以代替呀。未料伯奶奶立马将眼泪一收，仿佛刚才从未哭过，厉声说道，那怎么可以？她是女儿，嫁过人的，绝不能代替。甚至连表姑妈在天津千里迢迢赶回来吊孝的儿子，嫌他是外孙，不姓王姓朱，也不能代替的。最后伯奶奶做出一副情急智生的样子，跟我父母说，要将我的二哥过继给她做孙子，没有孝子也有孝孙，披麻戴孝举灵牌子便名正言顺了，这样方能告慰伯祖父的在天之灵。弄了半天，伯奶奶原来是打的这个主意。不过这又何尝不可呢，父母当即痛快地答应了。

于是伯奶奶立马煞有介事地抬眼望天，泪眼婆娑边哭边笑地告诉"先生"，要他放心（她从来称伯祖父叫"先生"，三伯奶奶也跟她这么叫），王家还是有后了诸如此类一堆话。而当时我最纳闷的是，伯奶奶的眼泪怎么可以招之即来，挥之即去呢？

灵堂设在堂屋里，四周挂满了祭幛、花圈和挽联。天井里，鞭炮屑子足有几寸厚。出殡时，伯奶奶与三伯奶奶又是满脸的鼻涕眼泪，偏不去擦。两个人一人跪一边，抚棺号啕。感觉她们在一个劲地比赛,看哪个哭得更厉害。鼻涕悬至两三寸长,却任凭它们惊心动魄地悠悠晃晃,都不去擦。但依小时候的我来看,三伯奶奶还是哭不过伯奶奶,何况她的鼻涕,无论如何没有伯奶奶的鼻涕长哩。

出丧时,我又做了件惹伯奶奶生气的事。我二哥非常听话,叫他跪就跪,叫他拜就拜。披麻也好戴孝也好,听凭大人摆布。我呢,却死活不愿穿那身白色的孝服,腰间还要扎根麻绳,更不愿下跪,觉得很丢面子。伯奶奶生气,母亲只好揍了我几下,我便大哭。最后双方只好达成妥协,我仅仅戴了顶白帽子,未穿孝服。

那一年二哥十岁,我八岁。

丧事办完之后,伯奶奶生怕母亲变卦,钉钉子还要敷脚,催着我母亲去办过继手续,且将二哥的户口从城南路派出所迁到了北正街派出所。这样,二哥便名正言顺地成了伯奶奶的孙子。

伯祖父去世后,伯奶奶与三伯奶奶必然会分家。好像伯祖父生前只有口头遗嘱,并不正式,也不详细。这样一来,祖父便必得出面了。伯奶奶跟三伯奶奶从来对祖父颇为忌惮,祖父在她们面前不怒自威。但祖父还是将一碗水基本上端平了,两个人至少在表面上没表示异议。其时祖父自己年事已高,她们分家后,也不便再去当铺巷子了。

那么表姑妈呢,她刚好在一所民办中学谋了一份教职,教语文。薪水刚刚够用，但学校给她安排了一间小房子，一个人住着。晚上批批作业，看看书，偶尔写两首旧体诗抒抒胸臆，还算安心。儿子大学毕业了，在天津铁路局当技术员，也常有信来。表姑妈执意不肯要他负担生活费，要他存些钱准备成家。每个礼拜回当铺巷子一次，看看父亲，待个把钟头，饭都无意吃一餐。父亲去世后，仅搬了自己喜欢的一堆书走了，其他一概不要，干干脆脆。她不愿为这些可怜的遗产劳神。

祖父沉吟半晌，说，也好，也好。

分家最重要的是分房子。但事实上伯奶奶与三伯奶奶已各占两间，不宜再动，只是将伯祖父那边的三间房分别租给了两户人家，此外每户含一间杂屋做厨房。每月房租由伯奶奶与三伯奶奶平分，轮流收取。至于所谓细软，本来就所剩无几，伯祖父早担心他死后两个老婆会生龃龉，多年来已陆陆续续分给她们了，谁多谁少，外人一概不知。然而还是有不少日常用品及一应杂物，当时哪里可能分得那么细，便留下了一堆潜在的纷争。

只是可惜了剩下满屋子的古旧书籍（表姑妈挑走的不及百分之一），以及一些字画。祖父原本想设法处理一下，却无精力。晚辈亦无一人关心，乃至后来全部散佚，不知所终。

祖父仍叮嘱父母得空要去当铺巷子看看。祖父从来不说去伯祖父家，只说去当铺巷子。每次去，我们都是在伯奶奶屋里吃饭，只是去三伯奶奶屋里坐坐。若我到她房间里去玩玩，她还是高兴。经常给我一块扯麻糖吃，或者几根灯芯糕。

伯奶奶却不许二哥到三伯奶奶屋里去。

大约两三年后，祖父突发脑溢血，在倒脱靴去世了。伯奶奶闻讯，颠一双小脚从当铺巷子赶来。长沙俗语云：南门到北门，七里又三分。伯奶奶从北门赶到南门，距离当然一样。她未及喘息，刚进大门，扑通一声跪地便叩，然后居然双膝跪行，跪过院子，跪上麻石台阶，跪进堂屋，就这样跪行至祖父床前，放声大哭。搞得一众亲戚手足无措，费好大力气才将她扶起来。

这个印象委实太深刻，乃至三伯奶奶来没来，我都毫无印象了。

在祖父的葬礼上，我再次被大人要求披麻戴孝，终于不得不从。但只是苦着一副脸，实在哭不出来。这便又让伯奶奶不高兴了。指责我没心没肺，祖父去世一滴眼泪不流，先前死了一只鸡崽子倒哭得伤心伤意。她这样一说我觉得很委屈，反而哭了。因为那只小鸡崽子是我精心喂养的，还指望它长大了下蛋呢。不料有次被邻居不小心一脚踩死了，肠子都流了出来。我把它捧在手心，觉得太可怜，遂大哭了一场。还在院子里的玉兰花树下挖了个坑，将它埋了。然而，祖父的去世对一个懵懂孩子而言,固然有些许的难过,但实在难得产生过分的悲伤吧。可是那时候，人人哪里有什么闲心，对小孩了的这些心思了以理解跟同情呢?

那时正值六二年过苦日子的时候。二哥作为过继给伯奶奶的孙子,每个礼拜天都要去当铺巷子看她。这倒是二哥非常乐意的一件事,且每次都带着我去。我当然也高兴。因为在伯奶奶那里可以玩得自在,更重要的是有饱饭吃,有好菜吃。话说回来,伯奶奶还是刀子嘴豆腐心。每次见到我,总要摸摸我的脑壳说,造孽呵,就是一根豆芽菜,长得!

再叹口气。

伯奶奶每次给我和二哥一人蒸一大钵硬饭,也给自己蒸一小钵。平时,她每天只以稀饭度日。菜为一荤一素一汤。当铺巷子离通泰街菜市场很近,伯奶奶每次必定要称二两肉,买两片泰字香干(长沙的香干,南有德茂隆,号称"德"字香干,北有吴恒泰,号称"泰"字香干,每片香干的正反面各有个"德"字与"泰"字)。泰字香干炒肉,炒白菜薹子或红菜薹子,再加一碗酸菜豆腐脑汤,撒少许葱花。真是世界上最美最美的美味啊。

伯奶奶给二哥夹菜,也给我夹菜。但总少不了要唠叨一句,你哥哥带得亲,你带不亲!

我听了虽然不高兴,但菜照样吃。

还有不爽的便是,日子苦到那般田地,在伯奶奶家里吃饭竟然还要用公筷,不能用勺子舀汤直接朝嘴里送,要另外用只小碗盛上，嚼东西不许吧唧嘴，更不能用筷子指着人说话（我有这个毛病），总而言之名堂多。

伯奶奶多少还有些私房钱。三伯奶奶也应该有。若无意外，两个人细水长流，加上房租，各过各的日子，总归还是过得下去的吧。但自从祖父去世后，她们两人的矛盾日趋公开，最终竟然发展到彼此动手的地步。且三伯奶奶也越来越占上风。原因无它，既然双方都没了忌惮，便但凭实力说话了。毫无疑问，伯奶奶年长，且一双小脚，动嘴巴可能难分伯仲，若动手，显然不敌比她小十几岁的大脚三伯奶奶。且到后来，三伯奶奶越来越会审时度势了。每回吵架，只要有人围观，她的口头禅必定是：你怕这还是旧社会，还让你骑在我头上屙屎！

这样一来，三伯奶奶便获得了街坊邻舍道义上的同情甚或支持。伯奶奶被空前孤立了。我们两兄弟成了她唯一的精神支柱。她唯一的期盼，便是每个礼拜天二哥与我去当铺巷子看她。

二哥的确也比我懂事。有次看见伯奶奶眼角有一块瘀青，便问。伯奶奶说，还不是你们三伯奶奶搞的！二哥又问怎么了。伯奶奶说，本来每人分两根晒衣竹篙，一根粗的一根细的。她的放堂屋她那边，我的放堂屋我这边。可是趁我不注意，她把我那根粗的换成了细的。我问她怎么换我的竹篙，她说本来就是这样分的。我要去换回来，她竟然将我一推，被神龛子角碰了个包。二哥当时亦有十三四岁了，起身便要去找三伯奶奶换竹篙。却被伯奶奶拖了回来。说算了算了,你也搞她不赢。只指望你长大,替我争口气。我死了,你替我披麻戴孝,气死这个有崽冇得人送终的!

这个崽,当然指的是王仲通。王仲通,你到底到哪里去了呢?

记起来,我小时候,三伯奶奶给我看过一张王仲通小时候的照片。大约正在上初中吧,穿着一套咔叽军装,头戴船形帽,皮鞋短裤长筒袜,系一条领巾(那领巾跟红领巾的系法不同),腰间皮带处还悬挂着一捆卷得紧紧的绳子。三伯奶奶告诉我,这是你仲通表叔参加童子军时拍的照片。

挺胸凹肚,成丁字步站着。好神气的样子。

而我小时候,早没有什么童子军了,变成少年先锋队了。

没过几年,父亲被单位隔离反省。一家人全都夹着尾巴做人,哪里还有什么心情去当铺巷子看伯奶奶跟三伯奶奶?

然而,意外的事情发生了,伯奶奶突然自杀了。

消息是潮宗街街道革委会派人来通知的。母亲大吃一惊,连忙带着二哥和我赶了过去。但见伯奶奶躺在一张门板上,放在堂屋中间,身上盖了张白床单。三伯奶奶缩着身子站在旁边,不做一句声,脸色苍白得跟那张床单差不多。一个革委会的女的指着门板对母亲说,畏罪自杀,自绝于人民!另一个革委会的男的说,天气热,赶紧找人拖到火葬场去,不然会臭啊!

母亲麻起胆子问那个女的,伯奶奶犯了什么罪?革委会的女的将嘴巴朝三伯奶奶一努,你去问她。母亲不解,便也看了三伯奶奶一眼。却见三伯奶奶惊恐地朝后一退,嘴唇发抖,说不出一个字来。

真相很快大白。

就在头天上午,街道革委会要伯奶奶跟三伯奶奶交代历史问题。结果高压之下,三伯奶奶为了"反戈一击有功",竟然一五一十,当场揭发了三十多年前的那桩隐私,说她本来只是个丫头,是伯奶奶配合"人面兽心"的伯祖父强暴了她,并胁迫她做了小老婆,还生了一个崽。这确乎是铁的事实,伯奶奶一下子瘫软在地,哪里还有脸面见人?

尸体是租户丘嫂子最先发现的,跟母亲说起这件事来绘声绘色,很夸张的样子。说先天半夜里醒来,迷迷糊糊听到小天井那边扑通一声,却未介意。隔天早上她去井边扯水洗衣,却见一双三寸绣花鞋整整齐齐搁在井台边上,便觉得有些不对劲。继而发现井里有一具尸体,半浮在水面上,吓得不要命地叫起来,连吊桶子都掉到井里去了。

母亲费了好大力气才联系上火葬场,派来了一辆汽车。却因当铺巷子太窄开不进来,只得停在潮宗街上。进来了两个人,将伯奶奶装进一只铁匣子里,抬了便走。一直在旁边默不作声的二哥,突然间大哭起来。

他哪里还有机会替伯奶奶披麻戴孝?

而在我们闻讯去当铺巷子之前，三伯奶奶已将伯奶奶屋里稍稍值钱的东西，席卷一空。母亲打开那个雕花大衣柜里头的小抽屉，忽地窜出两只蟑螂，吓了她一跳。

此后好多年，我们便再也不曾去过当铺巷子。

直到二哥当了十年知青后顶职回城，有回几个少时好友邀他去坡子街的爱群茶馆喝茶，吃包子。有个人忽然说，你三伯奶奶这两年不见人了呵。先前经常在茶馆里碰见她，挽只破篮子，这张桌子底下那张桌子底下捡烟蒂子，卷喇叭筒抽。这话触动了二哥，便一个人去了一趟当铺巷子。

这才知道，三伯奶奶死去好几年了。有两年还找了个伴，是个在潮宗街菜场门口摆摊子，修锁配钥匙的老乡。这个老乡骗光了她残余的一点钱财，一去无风。三伯奶奶从此沦为低保户，精神也有点失常了。

母亲听说后，一个人坐在厨房里，怔了大半天。饭都烧煳了。

再后来我也去过一次当铺巷子。时间记得很清楚，即举办奥运会的那年，二〇〇八年。我的一位摄影师朋友，定居深圳多年的长沙人，听说搞房地产开发，将一些古老街巷拆去不少，便抽空回来了一趟，要我专门陪她两天，拍些照片留作资料，还说"不然会来不及了"。既然如此，我只得奉陪。她不愧是搞专业的，扛了两架尼康单反，长枪短炮，还背了个大摄影包。我难免怜香惜玉，便将摄影包替她背上，还真有蛮沉。

第一天去的哪里不必提，第二天去的哪里也不必提，第三天去的潮宗街。因为这是一条古老的、保存尚且完整的麻石街道。东起北正街，西止沿江大道，即原来的潮宗门，老长沙城西边的城门之一。并且左穿右插，还走完了梓园、九如里、连升街、楠木厅、三贵街等老街巷。

最后带她去了当铺巷子。

巷子几无变化，只是更显破旧了。两边石灰剥落的墙壁上，隔不了几步，便红通通刷了好大一个的"拆"字。伯祖父的老屋在巷子的最里头，十七号。摄影师朋友在门口替我照了张相。上了几级麻石台阶，又下了几级麻石台阶，便站到了天井里。那天天气极好。阳光斜射下来，照在天井里满竹篙满竹篙轻飏的衣服上，五颜六色。我忽然想，这几根竹篙，还是多年前伯奶奶跟三伯奶奶争夺过的那几根竹篙吗？

堂屋里，那个既宽且高、分好几层的神龛子，包括里头大大细细的菩萨，当然没有了。

整个大屋显得杂乱不堪，恐怕住了六七户人家。忽然听见有张门吱呀一响，回头，从原来伯奶奶住的那间屋里走出一位中年妇人，用狐疑的眼光打量我们，问我们找哪个。我连忙说不找哪个，只是看看。那妇人说，一栋破屋子，有什么看头，要拆了。我说晓得晓得。这栋屋子小时候我经常来。那妇人说这就怪了，早几年也有个老头子找了进来，说他小时候住在这里。

我一愣。说，真的？那妇人乜我一眼，这也骗你？那老头子又瘦又高，西装革履。一脑壳白头发，朝后背梳得整整齐齐，油抹泠光，像个归国华侨。也没讲什么话，这里看一下那里觑一下，待了几分钟就走了。

不必说了。这个人，肯定是王仲通。

陈年启事

一九一一年,辛亥革命爆发,清政府瓦解。同年五月一日,湖南电灯公司厂房装机竣工,正式发电。发电时间从晚上六时至十二时,最初供应长沙城内照明灯两千盏,至一九一九年已达两万盏,且二十四小时供电。自此,长沙市民开始用上电灯,逐步告别了「洋油灯」时代。

260　倒脱靴故事

一九二七年一月十二日，长沙《大公报》的第一版上，刊登了一则"湖南电灯公司"的启事：

　　湖南电灯公司启事
　　敝公司锅炉房每日所出之煤渣觅主出售，如有愿承销者，请至敝公司稽查课或材料课接洽可也。

原文系繁体竖排，未断句。

此则近百余年前的启事，令我颇感兴趣。因湖南电灯公司的创始人陈文玮，乃我祖母的父亲，即我的曾外祖父。

据查，当年湖南电灯公司的三台水管式锅炉系从德国瑞记洋行购置（同时购入160千瓦发电机组三台），为正宗进口货，号称"洋炉"。但如今看来，即便洋货，彼时设计与技术亦不成熟，煤炭燃烧不甚充分，效率较差。所幸大量煤渣仍可堪利用，这便有了"煤渣觅主出售"一说。

且我所以感兴趣者，是从这则广告中，似可解读出当时湖南电灯公司在其运营管理中，已然具备强烈的"废物利用"意识，这应与时任湖南电灯公司总经理的陈文玮与不无关系吧。

曾外祖父少时从绸缎庄小伙计起步，个人的商业头脑从来精明，在长沙还开过一家叫颐庆和的钱庄。

可惜在一九三八年十一月的"文夕大火"中，位于南门口下碧湘街的湖南电灯公司办公楼、发电厂机电设备、器材库、沿街线路及电灯等具遭焚毁。

世事如棋。直至数十年后的二〇〇四年，有关部门在湖南电灯公司的旧址建了个纪念墙。此为长沙市首个以"文夕大火"为题材的纪念性建筑，坐落于现今湘江风光带与劳动路之交汇处。

我还专门去看过一次，拍了几张照片。

某日偶然翻书，在浏览岳麓书社出版的《湖湘文库》书目时，看到有本《湖南近现代实业人物传略》，便想，既然曾外祖父是湖南电灯公司的创始人，可能会收入其中吧。便找来一翻，果然有也。

一本《湖南近现代实业人物传略》，仅收六十三人，曾外祖父陈文玮忝列其中，也算不错了。

陈文玮（一八五五——一九三五），字佩珩，晚号遁奥，长沙人。为近代实业家、诗人和画家。曾捐湖北补用道，未赴任。后在长沙开设钱庄及绸缎庄。其诗曾被民国总统徐世昌选入其著述《晚晴簃诗汇》。一九〇五年与周声洋发起成立湖南总商会，任会长，是粤汉铁路废约自办运动的主要领导者。创立商办湖南全省铁路有限公司，发刊《湘路周报》杂志，反对清政府出卖路权。

至一九〇九年初，在长沙的外国商人运来大批洋油，在大西门及太平街一带开设商铺零售。市民争购洋油照明，外商大获其利，且进一步谋划在长沙开办电厂，意图垄断湘省的电力行业。"急图抵制"外商的陈文玮更加深感不安，遂与另两人发起组织湖南电灯股份有限公司，拟集股二十万银圆（股息八厘），安装电灯一万盏。并呈报清政府农工商部立案，请准予专利。陈文玮并亲撰为开办电灯公司所呈农工商部之文件，一九〇九年某日的《长沙日报》副刊曾予以全文登载，情理并茂，亦值得一读。

兹节录一段：

窃长沙自开商埠，外人争先恐后，络绎而来，凡湘中自有之利权，每为攘夺而莫可挽救；华商势微力弱，往往落人之后，后悔已噬脐。顷又有洋商在小西门外议办电灯，擘画经营，不遗余力，若不急图抵制，匪特利源外溢，损失遍及于湘垣，抑且交涉日多，纠葛蔓延于官署。职道等各有保商之责，势难放弃地方自有之权利，拱手而让之他人。……唯有赶办电灯，职等组织于前，政界维持于后，他日电灯普遍，洋油输入之数，必然锐减于前，非但预杜觊觎，不使利权旁落已也。爰约同志，主持自办，众议佥同，拟集股本洋二十万元，设备电灯一万盏，一面筹办机厂物料，妥议章程，一面予省城先立公司，遴派谙习工师及早部署，以为先发制人之计。惟此项公司与他项公司迥别，必得援照北京、镇江、汉口各电灯公司成例，准予专利。嗣后华商只准附股，不得另设，方可保全。为此公恳大人俯赐批准，先行立案，并请援照湘省矿产不许外人开采定案，咨请外务部转照各国政府，所有湘省电灯，概归本省绅商自办，外商不得仿设，以保利权而省交涉。一俟开办有日，再将详细章程禀呈察核批示祗遵。

如是，农工商部很快予以批准，批文如下：

据禀已悉。该总协理等拟集股在湖南省城设立电灯公司，系为自保利权、振兴公益起见，所请先行立案及援案归本省绅商专办之处，均应照准。仰即妥订章程，招集股份，迅速筹办。除咨外务部及湖南巡抚备案外，合行批饬该总协理遵照可也。此批。

一九一一年，辛亥革命爆发，清政府瓦解。同年五月一日，湖南电灯公司厂房装机竣工，正式发电。发电时间从晚上六时至十二时，最初供应长沙城内照明灯两千盏，至一九一九年已达两万盏，且二十四小时供电。自此，长沙市民开始用上电灯，逐步告别了"洋油灯"时代。

此举应视为长沙步入现代化之重大历史事件，曾外祖父当功不可没。

是年十月，革命党人焦达峰、陈作新乘机发动新军起义，长沙光复。曾外祖父旋即受任为湖南都督府财政司司长，负责清理大清银行湖南官钱局事务。但不久即自请解职，仍理商务。一九一二年，国民党湖南支部成立，曾外祖父被推为评议员。袁世凯复辟帝制后，军阀混战，湘政不安，乃退职家居，在长沙筑晚香别墅，从此不再干预政事，仅寄情于书画。

据我一位表哥回忆，此栋别墅颇具规模，上下两层，楼上楼下电灯电话不说，厕所里还装了抽水马桶。这在二十世纪初期的长沙，恐怕属首屈一指，领风气之先了吧。

又查孔夫子旧书网，亦有《陈佩珩先生人物画册》（画八帧，照片一帧），《陈佩珩先生纪游图咏》（画十帧，照片一帧）之介绍，云"其画以山水人物见长。上追宋元，下及四王，对陈老莲笔意领会颇多"。

此两种画册均是曾外祖父八十岁那年，分别由长沙市万福街藻华印刷局及长沙市长治路鸿飞印刷所胶版影印。一时名家，如夏敬观、谈月色诸家，多至几十人，均为陈氏题咏赞歌。此两种集子，均由徐桢立题签。徐氏善画，亦是近世知名学者。此两种集子虽属晚近，然存下来者并不多见，可作研究乡贤的好资料。

另有《晚香别墅题咏》一册，系曾外祖父在居所与众多湖湘名士会聚，友人或赠墨迹或吟诗题咏之汇编。内有杨廷瑞、吴士萱、王运长、徐博立、徐显立、徐桢立、徐闳立、余肇康、李澄宇、傅熊湘、袁德宣、夏敬观、袁思亮、程颂万、陈夔龙等名士之墨宝。

此册题咏，孔网标价六千八百元。因不事收藏，望梅止渴也罢。

一九三五年，曾外祖父在长沙去世。终年八十岁。

我手头侥幸残存曾外祖父胶版印刷之山水画作散页十帧，应为《陈佩珩先生纪游图咏》吧，但已经记不清楚是如何到我手里来的。推测应该是祖父居住在倒脱靴时，留存在什么柜弯箱角里被遗忘了。其中若干张画意题款都蛮有趣味，录其《湖堤试马》一幅之题款如下：

> 余少有马癖，乡居尤便畜牧。多方物色幸得一驹，调良善走。每值夕阳西下必骑绕湖堤一周。有时弃鞍辔以手足御驶亦能驰骋如意。远近之有同嗜者闻得良马，无论识与不识，咸策骑登门请与驰逐。往往并辔疾驰吾马常先于诸马，皆叹誉以为神骏。忽忽六十余年尤仿佛忆及之。

我幼时也喜欢马，亦喜欢画马。当然远不及曾外祖父，可"幸得一驹"，且为"良马"，还有人找他比赛。

却记起在倒脱靴老屋的墙壁上，我也用毛笔画过一幅关公骑马图，持青龙偃月刀，高约两尺，墨汁淋漓，令母亲哭笑不得。后用石灰水重新刷墙，此画仍隐隐可见。母亲晚年曾写过一篇回忆文字，其中还特地忆及此事。借此摘录，以为怀念。

> 王平四岁就自学画……特别会画马，倒脱靴巷内小有名气。有一天下班回家，看见房内门旁墙上他用毛笔画上一匹尺多高的大马，马上还骑着手持大刀的关公。我望着真是啼笑皆非。那匹马直到几年后刷墙时才刷掉。他有画的天才，可惜我没有能力培养他……

再说曾外祖父之胞兄，即我祖母的伯父，叫陈启泰

（一八四二——一九〇九），为同治七年进士，亦值得一提。

据《湖南省志·人物志》载，光绪六年（一八八〇），陈启泰任监察御史（类似现今的巡视组组长），以反贪腐著称。后曾奏劾浙江巡抚任道镕庸鄙猥琐，难胜重任；奏劾湖广总督涂宗瀛、巡抚彭祖贤侵吞公帑，搜刮百姓；奏劾云贵总督刘长佑及粮道崔尊彝、知府潘英章勾结京官周瑞卿贪贿，事涉军机大臣、户部尚书王文韶等，因起大狱，被罢官八十余人，令朝野瞠目。光绪三十三年（一九〇七）升任江苏巡抚。后又奏劾苏松太道蔡乃煌贪渎虐民，两江总督端方使蔡行贿庆亲王奕劻，然其所奏未得批准，由此积愤成疾，于两年后去世，时年六十七岁。

难怪有后人叹曰，陈氏"直言朝政缺失，被目为清流党，声名远播。惜遭时忌而不能久居其位"。

另，陈启泰的独生女儿叫陈征，嫁给了袁世凯的第六个儿子袁克桓。

某年冬天去北京，远房表哥告诉我，成贤街内的孔庙里，有个明清进士碑林，找得到陈启泰的名字，遂一起去找。那日刚好大雪过后，入孔庙，在大成门及先师门两侧，有偌大几进碑林院落。极安静，仅闻檐角偶有寒鸦咭噪。却因石碑字迹原本模糊，且多为雪花遮蔽，得一一拂去，殊不易，只好作罢。

此后便再未去过。

失而复得的「万元户」

那时候,人民币最高面值为十元。即便全部为十元一张,一万二千元便有一千二百张。其时,我在一街道工厂谋饭,每月工资只有三十二块五角,连整带零不过四五张。再过细一算,更吓人了:一万二千元,超过我三十年工资之总和。

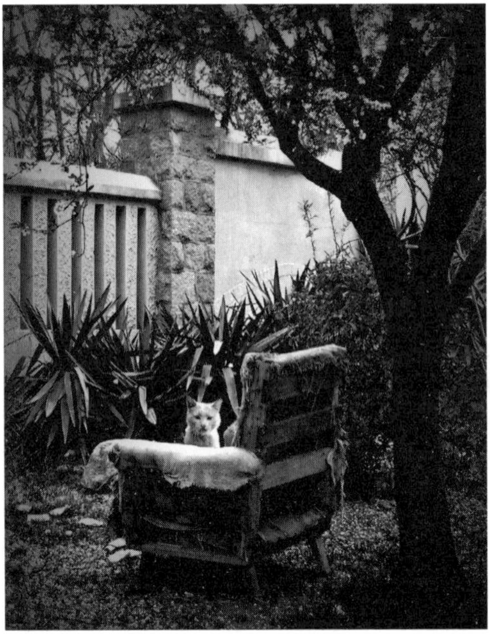

岳父是位名老中医。很多年前,在小古道巷自家屋里开了间儿科诊所,尤擅小儿痘麻科,远近闻名,医术十分了得。

虽说是位观念极为传统的老中医,但老头子从来西式派头十足。雪白的头发整整齐齐梳向脑后,额头极高,且泛亮。出门必定西装革履。尽管步法矫健,仍虚持拐杖,以示风度。尤其春秋两季,端坐于诊室内开方号脉,玻璃(即尼龙)吊带西裤,配雪白纺绸衬衣,领口袖口皆扣得严严实实,且手臂上竟然还戴着袖箍。在小古道巷内,俨然成了一道独特的风景。

无奈一九六五年打击投机倒把运动时,岳父被列入打击对象而抄家,且抄了个底朝天。

被查抄物品之清单原件共计七张,现存我处,乃从岳父的遗物中觅得。老头子活了八十九岁。清单的抬头为"没收与抵交罚款补税的现金及实物收据",每张清单均盖有"长沙市整顿市场打击投机倒把办公室"的鲜红大印。七张清单的开具日期分别为：一九六五年三月五日、三月八日、三月十八日、四月一日。

令人费解的是，岳父无非开间私人诊所，何至扯到投机倒把上去了？

兹摘录若干查抄存单、现金及实物如下（收据数目均为大写）：

1、银行存单十四张，伍仟玖佰元

2、现金玖佰元

3、公债贰佰壹拾伍元

4、英纳格手表叁个（其中25钻壹个）

5、金戒子陆只（未计重量）

6、银行存单六张，叁仟贰佰元

7、光洋壹块（折合肆拾伍元）

8、小古道巷十七号房屋土地契约书共肆张

……

另有"金耳环、金牌子、碎金片子、座电扇、留声机、唱片、大木柜、酱色毛线、蓝色呢裤、毛料、旧湘绣被面、旧皮背心"等，不一而足。甚至包括"旧皮鞋"一双。据老婆后来回忆，岳父原本还用纯金打了一尊毛主席像,重约二两,收据中却未见提及。

可堪庆幸的是,上世纪八十年代初,有关部门给岳父彻底平了反,且一次性退还了一万二千块钱。转瞬之间,岳父又成了彼时人人艳羡的"万元户"。

支票是岳父本人去领回的。但其所属银行乃工农桥支行,不能异行提现。岳父家住在小古道巷,距离较远,颇有不便。故只能取出全部现金,转存至离家最近的南门口支行。

这便构成了一个比较惊险的问题。要取出的,可是整整一万二千元现金。那时候,人民币最高面值为十元。即便全部为十元一张,一万二千元便有一千二百张。其时,我在一街道工厂谋饭,每月工资只有三十二块五角。连整带零不过四五张。再过细一算,更吓人了:一万二千元,超过我三十年工资之总和。

我的天。

所幸小舅子刚好退伍不久,带回来两套军装兼两只军挎包。我心生一计,说,何不一人穿它一套,再系根军皮带,斜背军挎包,俨然作军人状,哪个小偷扒手敢拢边?小舅子拍手叫好。遂各骑一辆单车,一路威风凛凛,直奔工农桥银行,提取那笔巨额现金。

动身前却有个小插曲。因小舅子天生英俊,穿上军装更显相貌堂堂。待我上身,那副模样却引得老婆笑得直不起腰来。说看你这副样范,一副近视眼镜戴起,穿得三不六齐,哪里像个解放军？像个打入我军内部的特务分子还差不多！无端遭她一顿讥讽，我恼羞成怒，把军装一脱，说，老子不去了！小舅子只好拼命打圆场，方才作罢。

头一次面对如此之多的现金，状如小山般堆在眼前，喉头不免发紧，且分明听得见心跳。小舅子细声说，我们一个人数一遍，好不？我说好，我们一个人数一遍。结果数错一遍，再重数一遍，腋窝里都暗暗沁出冷汗。

退赔款悉数到手后，岳父特地买了套西装犒劳我，这是我人生的第一套西装。当时却暗忖，老头子送我西装，恐怕还藏有试图改变我的形象之意吧。

年轻时候，我委实不修边幅，甚至故作玩世不恭状。冬天穿件烂棉袄，还故意把破洞抠大，让棉花露出来更多。当然这是结婚之前的派头，谈爱以后必得收敛，但仍不喜正经穿着。拍结婚照时固难免俗，总得穿套西装，却是从照相馆里借的，背后还印有"凯旋门"三个好大的字，形状极为滑稽。

岳父虽然后半辈子吃亏不少，仍积极追求思想进步。晚辈当中有谁入团入党，包括入少先队，他必有奖励。若有谁偶尔讲几句落后话，必定遭他断然制止。不过我却听他自己在背地里咕哝过，凭什么只退一万多块钱？利息恐怕都不止哦。还有那个金毛主席像，肯定被哪个私吞了，估计是那个戴眼镜的！

并不顾忌旁边的我，也戴了副眼镜。

曾经，我还保存了岳父的一张地契。此张地契也有些意思。其正式名称为"土地所有权证"，上面钤有长沙市人民政府一方大印，且确为方印。并有长沙市人民政府市长及房地管理局局长的亲笔签名。签署日期为"一九五二年四月三日"。个人以为，此两人的毛笔字应该临过些碑帖，堪称上乘。

虽然地契上只有区区"零亩壹分贰厘玖毫"，但据此应该可以证明，当时土地仍明确属私人拥有。数十年后，小舅子从事房地产开发，且小有成就。我觉得这张地契由他保存更有意义，便转交给他了。

从那些清单可以看出，岳父在上世纪五六十年代便颇有些家底。老婆后来也常常回忆，小时候，岳父经常叫两部人力车，一家大小去甘长顺吃寒菌面，去玉楼东吃湘菜，去长沙盆堂洗澡，去兰陵剧院看《刘海砍樵》《追鱼记》。即便后来的"苦日子"时期，她家也没吃多少苦，还经常有猪肉罐头吃。

并且在几个兄弟姊妹中间，岳父也最宠爱她。

比方说，岳父经常会预先在每间屋子的门角弯里丢几枚硬币，然后动员她去扫地。并暗示她，门角弯里也要扫干净啊。结果当然可想而知。尤其令人发指的是，岳父逼她喝牛奶，她不喜欢，竟然趁其不备，将喝不完的牛奶偷偷倒入厨房里的煤槽内，再用煤耙子将煤和匀，以彻底灭迹。

自从被抄家以后，老婆家里当然元气大伤。虽然生活仍能将就，岳父从此却变得小心翼翼。又过两年，老婆已然成了待业青年，或称社会闲散劳动力，"闲"在屋里，很会料理家务了。有时去碧湘街买回一大把干酸菜，想剁成碎末炒大蒜辣椒，再放几粒浏阳豆豉，是一道既便宜，口味又极好的下饭菜。且老婆做事麻利，可左右开弓使两把菜刀，上下翻飞，目不暇接。但岳父偏偏不准她剁，只准她切。说是让隔壁邻居听见，以为家里还有钱买肉，在剁肉饼子，又去街道上反映。

搞得老婆生闷气，其实她只打算剁干酸菜。

反正瘦死的骆驼比马大，老婆家的日子比我家岂止好过一点。何况到了八十年代初，鬼使神差，一夜之间又成了万元户呢。且愈至晚年，岳父愈喜怀旧，尤好忆吃。有年岳父七十大寿，合家前去玉楼东聚餐。老头子用筷子指着发丝百叶跟酱汁肘子，颇为不屑地说，如今哪里还找得出那时候的味道？

我倒觉得实在好吃，乃大啖。发丝百叶果然细如发丝，既鲜且脆，酱汁肘子落口消融。

所以结婚后老婆仍嘲笑我。说，你们屋里，穷得要命。我亦只能解嘲，说有人愿意上当呵。试举一例。跟老婆谈爱时，穿得出去的唯有一件涤纶衬衫，没有换洗。周末偷偷约会，白天得将其洗净挂在竹篙上晾晒，又生怕不干，时不时去看看。太阳移到哪里，便将衣服移到哪里，跟着太阳走。

母校话旧

我转头,分明看见袁老师的鼻尖红了,眼睛里有晶莹的光。还记得,那天她穿的是一件深蓝色的呢子大衣,绕颈根系了一条纯白色的针织围巾,厚厚的,连下巴都遮住了,样子很好看。

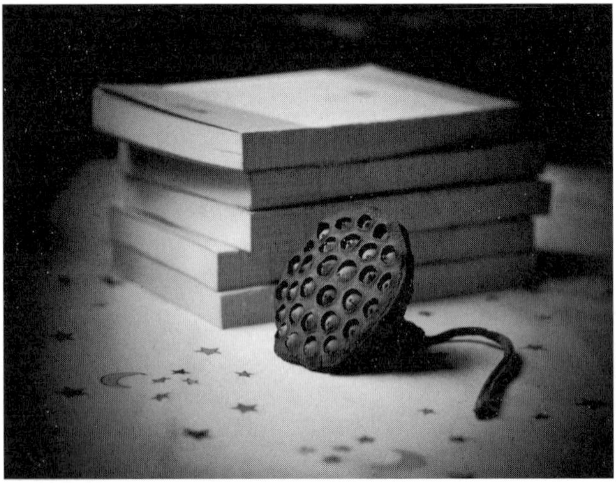

小学同学林辛畴君，凭记忆画了一张小古道巷小学的平面图，从微信里发给我看。我惊讶他的好记性，五十多年过去，竟然还画得如此准确，也唤醒了一些深深浅浅的回忆。因为生病，继而"文革"，我仅仅读了小学。唯一的母校，就是小古道巷小学。至于三十多岁成家以后，有个偶然的机会去读了两年大学，只能说是混张文凭罢了。

小古道巷小学原址是一座古道观，叫南岳行宫，小古道巷因此而得名。据清光绪《善化县志》载，"南岳行宫在十四铺小古道巷"。又，曾经听岳母说起过，该庙最先分四殿。正殿供奉的是南岳祝融大帝，即传说中的火神，左右两殿分别供奉杨四王爷和黄龙大圣，后殿供的观世音。

大门口有一对石狮，很威武。

每逢阴历八月，到南岳衡山去朝拜的远方香客，途经长沙，都先要来南岳行宫拜菩萨。燃几炷香，叩几个头，求几个签或者问几个卦。老老少少信男善女，全斜背一个香袋，用黑洋布做成，镶大红的边，全都很虔诚的样子。眯起眼睛，念念有词。还要唱几天大戏。浩浩荡荡再去南岳。

杨四王爷和黄龙大圣则分保郴县、衡阳、祁阳、常宁、茶陵、攸县和长沙七县的水口和盐仓，所以香火亦旺。黄龙大圣不常驻南岳行宫，每年四月要派官船到靖港去接。然后用八抬大轿抬到行宫，放在神案的盘龙石上。鞭炮和香烛从小古道巷巷口一径燃放到大殿里，半边天通红。烟雾缭绕，那菩萨和人的尊容，一时竟难以分清了。

另据有关资料，小古道巷小学原名衡岳小学（似与南岳有关），至一九四九年止，仅有初小两个班，学生共计一百〇六人，五个教职员工。到了我进学校那年，则俨然成了完全小学，分殿及后殿已改成教室。一至六年级均有甲乙两班，学生近千，教师二十余人。仅仅十余年，扩充算是非常迅速的了。

不过其时南岳行宫正殿仍在，每年仍断不了远道前来拜火神菩萨的香客。

南岳行宫大殿后面是一个长方形的天井，左右两厢共有四间教室，二年级以下的班级在这里面上课。有丈余高的帏帐将其与大殿分隔开来。但课间休息时，如我等低年级学生，仍喜偷偷掀开低垂的帏帐，溜到大殿里去玩。将供桌上的烛泪捻成一个个小烛团，直到温软的烛团变冷变硬。

不料读到三年级时候，高年级的同学闹事了。由最调皮的几个学生带头，将大殿里大大小小的菩萨砸了个稀烂。有更大胆的，还在领脖后头插上几面令旗，跳上供桌做各色怪脸，耀武扬威。

可怜那守庙的吴婆婆在一边捶胸顿足，喊天不应，叫地不灵。搞了半天，菩萨居然救不了自己。

待到当年六月底火神菩萨生日那天，照例有大量香客络绎前来南岳行宫朝拜，不料庙被毁了，菩萨没了。香客们一时无所适从，但随即反应过来。有年长的婆婆子开始号啕。继而有几个冷静下来的，在前头操坪里朝南跪下，将香烛生生插进地里，面朝着虚无的祝融大帝磕头作揖。于是众香客纷纷效法，偌大一个操坪，密密匝匝跪着两三百人，一时香火缭绕，阿弥陀佛此起彼伏，蔚为壮观。

乃至后来数年，仍有香客来拜，仍复跪在操坪里。但随着时间的推移，且毕竟没了菩萨，香客便渐渐稀疏，南岳行宫的香火终究断了。

但大门口的两头石狮子仍在。任由学生伢子爬上爬下，朝它们嘴里塞砖头，甚至撒尿。

后来听说，毁庙之事乃由校长在幕后指使。表面上看来，学生们要破除封建迷信无可厚非，但暗地里却是为了扩展学校地皮。此举果然如愿所偿，那砸毁了菩萨的大殿不但隔出来两间教室，还被改成了学校礼堂，且安置了几张乒乓球桌。对学生而言倒确为好事。只要下课铃响，学生们便蜂拥至礼堂内抢占球桌。

守庙的吴婆婆呢，却只得在学校门口摆了个摊子，卖紫苏梅子姜，还有石板石笔与洋菩萨，聊度余生了。

住在小古道巷附近的居民，那时候多以听学校里传出的铃声来掌握时间，不必看钟。急促的铃声乃上课铃，悠扬的铃声为下课铃。上午听到第四节上课铃响，下午听到第三节上课铃响，学生伢子的屋里便开始搞午饭，搞晚饭了。

用一节课的时间开火搞饭，差不多。待学生伢子进屋，饭菜也上桌了。

负责敲铃是校工吴伯伯。一截尺余长的铁轨，用粗铁丝悬挂在办公室门外走廊的横梁上。瘦，并且高的吴伯伯持一柄小铁锤，敲铃时无论徐疾，神情均颇为肃穆。那截铁轨因常年被敲击，竟然形成了一处凹痕，且锃亮锃亮，与锈蚀的周边形成一个强烈的对比。

全校同学还上过吴伯伯一次当。某年上学期，学校照例组织学生去烈士公园春游。不料出发前夕，天空忽然乌云密布，老师们便有些犹豫，打算取消。已经在操坪里集合的学生们乱了阵脚，纷纷抗议。此时吴伯伯出面了。他手搭凉棚看了看天，用宁乡腔慢吞吞说了句谚语:早看东南,晚看西,今天不会落大雨。此言既出,操坪里顿时一片雀跃,春游大队便出发了。

结果刚刚走到烈士公园大门口,一场大雨倾盆而至,个个淋成落汤鸡。

虽说小古道巷小学是我的母校,但六年书有些糊里糊涂就读完了,乏善可陈,平淡得很。固然成绩还算不错,也有老师对我好,但也受过同学欺负。都是很自然的事情。小学毕业后,同学之间便几无联系。

及至近几年,有位热心的同学建了个微信群,把我拉了进去。慢慢地也有了十几个人,每年还聚两三次。聊天喝酒,当然也会回忆一些往事。于我而言,最该记得的当然是读高年级时的班主任段老师。那时候他就对我寄予了厚望,居然给我的作文打过满分,可惜我终究辜负了他。

段老师嗜酒。上课时亦屡屡满嘴酒气,班上同学背地里都叫他"段酒癫子"。有时兴起,老先生甚至放下课本,唾沫横飞地吟诵"五花马,千金裘,呼儿将出换美酒,与尔同消万古愁"之类。个子矮小坐第一排的我,体验过太多溅满脸面,且富含酒精的标点符号。

除了夏天穿件白色的和尚领短袖汗衫,平日里上课,段老师都是穿一套褪了色的蓝咔叽中山装,屁股跟膝盖上还有补丁,哪里见过他换洗。他家里住在离学校不远的化龙池。隔三岔五路过小古道巷的一家小南食店，必定要踅进去沽二两散装白酒，并不落座，亦不与人搭腔，倚在柜台边上几口喝罢，走人。

念小学时我已读过若干篇鲁迅的小说。曾暗暗将段老师与穿长衫的孔乙己做比较——他是小店里唯一穿中山装站着喝酒的人。

小学毕业若干年后，大约是"文革"末期吧，我还去化龙池找过一次段老师。其时政治气氛已无初期那般紧张。我也算明白得比较早的人，还偷偷摸摸写过十几首情调灰暗，且带有某些隐喻性的诗歌。写完后却不敢轻易示人，也无处可藏，最后趁家里无人，将一张破旧沙发翻过来，把本子塞在底下木方的缝隙当中，自己吓自己。但写了东西不让人看毕竟不甘心，便忽然想起了多年未见的段老师。总觉得他应该算自己的知音，于是抄了几首偷偷去找他。

拐进巷子里那间逼仄的小屋，便闻到了一股久违了的酒气，甚至比先前更浓烈。然后才看见段老师坐在暗处的一把破藤椅上，边喝酒，边翻着一本破书。抬头认出我来，有意外，亦有几分高兴。彼此寒暄了几句，我麻起胆子把抄的几页诗递过去。他看完一遍，回头又看一遍，半天不吱声。最后抿了口酒，嘶起喉咙说，这种味道的诗歌，还是莫写为妙。我吃过亏，如今"树叶子跌下来都怕打脑壳"。

我有点尴尬，觉得自己为难了段老师。段老师见状，便说，不写，不是不读。我推荐你读一首词，辛弃疾的。旋即起身找了张纸，一字一句，边写边念：

> 茅檐低小，溪上青青草。
> 醉里吴音相媚好，白发谁家翁媪。
> 大儿锄豆溪东，中儿正织鸡笼。
> 最喜小儿无赖，溪头卧剥莲蓬。

写完后段老师忽然有些兴起了。说，我如今只喜欢读这些东西，几多健康美好。辛弃疾也不止是豪放啊。你读这些东西，应该不会"拐场"。

又过了几年，段老师去世了。当时并无人知晓，都是事后才听说的。

段老师写的那张纸片，我保存了好些年，最终还是丢失了。

再说说班里的同学，调皮的亦不在少数。且竟然有编排老师的段子曾流传甚广，譬如挖苦地理老师与美术老师谈爱的：

> 许老师的脚，长又长，一跨跨进朱老师的房。
> 门搭子一响，上哒床，不晓得搞些什么名堂……

后来这两位老师果然结了婚，感情还蛮好。

又如针对体育老师的"左一摇右一摇，右派分子潘辉遥"，放学路上还边唱边扭。如今回想起来，便颇有几分恶毒了。但那时的小学生毕竟懵懂，不能怪罪他们。

不过那时候我个小体弱，从不敢主动惹事。但兔子急了也会咬人。有次，班上的"头霸王"王同学无端欺负我，将我用力摁在椅背上动弹不得。一时气急，我顺手抓起课桌上的蘸水笔，狠狠朝王同学脸上扎去。王同学倒灵活，将脸一偏，那笔尖便将他左耳的耳垂扎了个对穿。

有次聚会，一位女同学还忆及此事。我亦走近王同学，去看他的耳朵，竟然还隐隐有个小疤痕。人高马大的王同学仰脖喝了杯酒，憨厚地笑笑，说，几十年了几十年了。

还有同学回忆起一位代课老师，姓袁。说袁老师长得很漂亮。大家都说记得。既年轻又漂亮的女老师哪个不记得哩。袁老师主要教唱歌课。喉咙好，风琴也弹得前俯后仰，好听。还会排节目。她重点给我们班排练的表演唱《我是一个黑孩子》，六一儿童节还得了全校第一名。忆至此，大家都在酒桌上唱起来：

> 我是一个黑孩子，我的祖国在黑非洲。
> 黑非洲，黑非洲，黑夜沉沉不到头……

我却记起一件与这些全然不相干的小事。

是个寒冷的早晨,应该是周一吧。全校师生照例在操坪里集合,开朝会。听校长训话。那时已换了校长,姓宋。严厉得很,无人不惧怕他。所以尽管冷,学生们也挺胸凹肚,站得笔直。但站在我右前方的梁姓同学,仅穿一条带补丁的单裤,且恰恰站在一块结了薄冰的洼处。虽则勉强站得很直,但双膝却止不住瑟瑟发抖。还记得有女同学发出压低了的笑声。

此时,但见不远处的袁老师慢慢走近梁同学,轻轻问道,吃早饭没有?梁同学摇摇头。袁老师便掏出几枚硬币,不动声色地塞进梁同学的裤口袋。梁同学本能地扭了一下身体。不料意外的尴尬发生了,原来梁同学的裤口袋早已形同虚设,且里头也无内裤。那几枚硬币,竟然顺着梁同学的裤腿里面,直接从脚踝处滑出,掉落在薄冰上。

有早晨的阳光映在一枚五分的硬币上,折射的光线还晃了一下我的眼睛。

我转头,分明看见袁老师的鼻尖红了,眼睛里有晶莹的光。还记得,那天她穿的是一件深蓝色的呢子大衣,绕颈根系了一条纯白色的针织围巾,厚厚的,连下巴都遮住了,样子很好看。

图书在版编目（CIP）数据

倒脱靴故事 / 王平著 . -- 长沙：湖南文艺出版社，2021.10
ISBN 978-7-5726-0362-4

Ⅰ.①倒… Ⅱ.①王… Ⅲ.①散文集—中国—当代
②短篇小说—小说集—中国—当代 Ⅳ.① I217.2

中国版本图书馆 CIP 数据核字 (2021) 第 178526 号

DAOTUOXUE GUSHI
倒脱靴故事

作　　者：王　平	选题策划：后浪出版公司
出 版 人：曾赛丰	编辑统筹：梅天明
出版统筹：吴兴元	装帧设计：唐　巍
责任编辑：周爱华	装帧制造：墨白空间
特约编辑：宋希於	营销推广：ONEBOOK

出版：湖南文艺出版社
（长沙市雨花区东二环一段 508 号　邮编：410014）
网址：　www.hnwy.net
印刷：北京汇林印务有限公司
版次：2021 年 10 月第 1 版
印次：2021 年 10 月第 1 次印刷
开本：889mm×1194mm　1/32
印张：9.75
字数：177 千字
书号：ISBN 978-7-5726-0362-4
定价：48.00 元

后浪出版咨询(北京)有限责任公司常年法律顾问：北京大成律师事务所
周天晖 copyright@hinabook.com

未经许可，不得以任何方式复制或抄袭本书部分或全部内容
版权所有，侵权必究

本书若有质量问题，请与本公司图书销售中心联系调换。电话：010-64010019